Nue propriété

DE LA MÊME AUTEURE

Parlez-moi encore de lui, *Stock, 2017*
L'avocat était une femme, *avec Julia Minkowski, JC Lattès, 2021*

Lisa Vignoli

Nue propriété

roman

Stock

Illustration de bande © Guy Yanai

ISBN 978-2-234-08505-3

À Julia et Georgia

« J'ai fait quelque chose contre la peur. Je suis resté assis toute la nuit et j'ai écrit. »

Rainer Maria Rilke

« Le soleil sur la terrasse
Et la lune sous le vent
Si l'on perd souvent ta trace
Dès qu'arrive le printemps
Si la vie te dépasse
Passe, mon enfant »

Benjamin Biolay, « Ton héritage »

« Car ce qui caractérisait le plus cette société, c'était sa prodigieuse aptitude au déclassement. »

Marcel Proust, *Le Temps retrouvé*

Jour 1

Il n'y a pas dans ma mémoire de date qui permette de définir le moment précis où ce verrou a été posé. Un système banal qui ouvre et ferme. Un loquet que l'on tourne. De gauche à droite, de droite à gauche. Le modèle disponible dans n'importe quelle quincaillerie, objectivement assez moche. Je ne saurais même pas dire l'année. Je n'étais pas présente le jour où il a été fixé. J'ignore si quelqu'un a été payé pour le faire ou si c'est un ami bricoleur qui a percé le bois, posé les deux parties, la serrure de l'autre côté de la porte et tendu les clés qui permettaient de l'ouvrir.

Dans cette bâtisse de trois étages au bord de l'eau, les chambres sont claires et présentent l'inconvénient inavouable de devoir être déshumidifiées en permanence et repeintes chaque année. Du lit, on entend le bruit de la mer, qui s'en plaindrait ? La maison de vacances est si visible qu'elle se trouve sur tous les tableaux qui existent de ce village de pêcheurs du sud de la France. Une anse célèbre qui a accueilli le tournage d'*Et Dieu... créa la femme* et plus régulièrement les allumés de la nuit venus se jeter dans l'eau du petit matin, toujours ivres. De Bernard Buffet aux amateurs du dimanche de la région, tout peintre s'est penché sur ses couleurs. Au fil des ans, la quête de ces toiles est devenue un jeu. Les femmes de la famille, plus à l'aise dans la confection de souvenirs, se sont mises à les acheter chaque fois qu'elles le pouvaient. Les murs en sont pleins, d'ailleurs. En les observant, on traverse les époques, l'évolution des travaux au rythme des décennies. Avant guerre, il n'y avait que deux étages et, plus tard, cette extension qui a donné une terrasse exceptionnelle, couverte, avec de grandes ouvertures auxquelles on accroche des voilages, les étés où l'on y pense. La légende familiale veut qu'il n'y ait pas eu de permis déposé pour la construction de ce dernier niveau. C'était un autre temps, dit-on. Le toit avait été dégommé par un obus, paraît-il. On y croit. Ou on fait semblant. Cette terrasse – une loggia, plutôt – fait toujours l'objet de nombreux fantasmes. En bas, les badauds lèvent la tête pour l'observer. Les guides touristiques mènent de petits groupes et racontent, bras tendu vers le ciel, des histoires invraisemblables. Un matin, j'ai entendu l'un d'eux évoquer les bals qui se tenaient sur les balcons, « dans les années 50 ». Ce n'était pas le genre de la maison, mais si ça faisait rêver. Les autres se demandent à qui peut appartenir ce grand rectangle jaune pâle et arrivent rapidement à la conclusion que ça ne peut être qu'une partie de l'hôtel voisin. Dans ce cas, la suite qui donne sur cet extérieur est sûrement hors de prix.

De l'intérieur, plus on descend, plus on approche de la rue, plus on est visible à ces passants qui ont le temps. Je dois reconnaître que j'ai souvent ouvert les lourds volets en bois qu'il faut pousser fort et accompagner pour les plaquer contre la façade, en prenant cet air détaché qu'on adopte quand on se sait admiré. Comme si de rien n'était, sans surtout croiser leur regard ni apporter de réponse à leurs questions. Comme si c'était normal. Normal d'avoir cette chance. Ce jour-là, le jour du verrou, la circulation dans la maison a été arrêtée. Et j'ai compris ma chance.

C'est donc à un bout de calendrier orphelin que je pense, des années plus tard (oui, « des années », cette notion floue, je peux m'y risquer), en marchant vers la gare de Lyon pour monter dans un train en direction du sud. Sur le parvis, un type à côté de moi me demande du feu et tire sur sa cigarette comme si sa vie en dépendait – ou n'en dépendait pas, justement. Dans cette ville qui ne sourit plus, les moins sereins fument plus que les autres, dépensent plus, n'arrêtent pas malgré l'augmentation du prix du tabac, encore moins sereins d'être encore plus fauchés. J'ai moi-même été tentée de reprendre le chemin de cette addiction depuis que ce jour approche. La cigarette comme béquille de lendemains qui inquiètent, même plus un plaisir. Un rendez-vous qui laisse un goût dans la bouche, trace deux nouvelles rides de part et d'autre de mes lèvres mais un rendez-vous dont je voulais croire qu'il m'aiderait à réfléchir. Parfois, c'est comme ça : on pense mal.

Y avait-il une autre façon de faire ? À quel moment ça a foiré ? Peut-on décevoir des êtres qui ne sont plus ? Enfoncée dans mon fauteuil place isolée, entité parmi d'autres de cette rame qui avance, mon esprit est en boucle et les paysages traversés ne l'enrayent pas. Sous mes yeux, une suite de tableaux tristes s'éternise. Un Paris-Toulon ressenti transatlantique. Et même pas un rayon de soleil pour faire briller le givre ou venir exploser sur la vitre. On devrait interdire les trajets en train aux mélancoliques. Et si c'était moi, en fait, qui ne souriais plus ?

Je suis partie comme ça, sans raconter à personne la raison de mon voyage. Je sais déjà. *Il ne faut jamais vendre. Quel endroit unique. C'est inestimable. Ça n'a pas de prix.* Il faut croire que si, pourtant, puisque je suis là. Je les entends ces plus ou moins proches qui sont passés dans cette maison. Les inconnus, amis d'amis curieux de découvrir, le temps d'une soirée, cette terrasse vers laquelle ils ont tant de fois levé les yeux. Les habitués qui ont posté inlassablement et à chaque séjour la même photo #roomwithaview venue compléter, sur un réseau social, la mosaïque de leurs vies de privilégiés. Me jugeraient-ils ainsi, si je leur disais : « C'est vrai mais je n'ai que ça et c'est trop cher pour moi. »

Je vois leurs visages, figés dans le temps. Celui de la splendide insouciance où mon père et sa sœur invitaient sans réfléchir, avec pour seul objectif de faire la fête. C'était le lieu et les années pour ça. Ils étaient ardents et généreux, et à la table qu'ils occupaient dans la boîte de nuit, il y avait toujours un cinglé pour acheter le panier de roses entier de la vendeuse ambulante qui avait alors fait sa soirée. Certaines fois, il s'agissait de mon père qui l'offrait à ma mère. Je n'étais pas encore née. Plus tard, quand tous s'étaient rangés, les convives qui débarquaient par cercles concentriques étaient, selon les saisons, plus ou moins éloignés du cœur. Rester dormir un soir de mi-juillet, autour de la fête et du feu d'artifice du 14 que l'on pouvait presque toucher de chez nous, sous-entendait que l'invité, après s'être entaillé le doigt, avait échangé son sang avec un membre de la famille. Ou qu'il était important. Tout était pensé chaleureusement mais socialement. Et les deux camps jouaient le jeu. J'ai mis longtemps à comprendre pourquoi, dans ce cadre-là, les convives n'allaient jamais dans le sens contraire des maîtres de maison, de leurs désirs ou de leurs idées, bonnes ou singulières, de leur rythme biologique même. Ce n'était pas juste de la politesse ou un manque de personnalité. L'année suivante, qui sait s'ils reviendraient ?

Il a sa gueule des mauvais jours, mais esquisse un sourire. Mon père, debout appuyé contre la portière, un peu plus sec que la dernière fois. Il m'embrasse. Contact furtif, tête contre épaule, toujours quelque chose de rapide là-dedans et rien à voir avec le dépose-minute. Jusqu'à quel âge laisse-t-on ses parents conduire ? On passe toute une partie de sa vie à ne pas se poser la question, on ne sait pas. Et puis un jour, on sait et on se demande s'il est bien légitime, à cet âge, de se laisser encore porter et ne rien faire d'autre que contempler la route défiler. Plus tard encore, on doit prendre le volant parce qu'ils ne voient plus, n'ont plus l'énergie ou tout simplement qu'il vaut mieux. Mon père ne s'est jamais posé la question. Sans rien me dire, comme chaque fois qu'il vient me chercher à la gare, il fait le tour de la voiture avant de s'installer sur le fauteuil passager. J'ai longtemps et pour cette raison été fascinée par ceux qui ne passaient pas leur permis. N'avaient-ils pas de père à conduire ?

Parfois, il m'est arrivé de me rebeller, de dire cette fois c'est toi. Dans les moments de trop grande fatigue et sans le dire je pensais : je veux bien être portée aussi. Sa façon de s'inquiéter pour moi ne se matérialisait pas là. Sa manière de ne pas me le montrer m'avait donné une force. Et si je suis honnête, je n'ai pas détesté qu'il ait besoin de moi. J'avais ma place. Elle ne ressemblait à aucune autre et changeait tout le temps. J'étais une fille unique, une mère, un fils parfois. Nous étions tour à tour amis, couple non incestueux. Je n'étais plus la petite fille qui n'avait rien d'intéressant à dire, quand il tenait à mon avis sur l'actualité ou à me raconter la dernière. Je ne sais pas ce que j'étais quand il me téléphonait moins dès qu'une petite amie était dans les parages. J'étais sa fille qui lui échappait quand il mettait un point d'honneur à ne pas se souvenir du prénom de celui qui lui semblait être le bon. Ce lien faisait sourire tous les amis et les psychanalystes de la terre. Quoi qu'il était devenu, je m'en foutais, je riais avec eux. J'étais prête, prête à le conduire et, s'il le fallait, à m'occuper de lui toute ma vie.

Dans le village, il n'y a qu'un seul chemin pour rejoindre la maison. Il faut prendre la direction de la citadelle où nul ne va jamais, passer devant le cimetière marin où, paraît-il, *tout le monde veut être enfoui un jour, pour voir passer les bateaux et pour que le soleil y chauffe ses os disjoints.* Alors, on roule droit vers lui jusqu'à voir les rayons se réfléchir sur le marbre des tombes, la porcelaine des couronnes de fleurs ou, pire, les emballages transparents des bouquets fraîchement déposés. Si près que j'aperçois les larmes écrasées sur les joues et les sanglots pas ravalés. Des visiteurs du monde entier viennent y prendre des photos, concluent qu'il est le plus beau qu'ils aient vu jusque-là. J'ai du mal à comprendre ce tourisme mortuaire. Dans ma famille, c'est le contraire. On voudrait l'éviter, détourner le regard, mais c'est pile lorsqu'on le surplombe qu'il faut être attentif pour emprunter le virage en épingle pentu et rejoindre le chemin des riverains. Il n'y a qu'une seule voie et la mort est au tournant. Mon grand-père ne l'a pas supporté. Ses parents et sa femme enterrés à cet endroit précis, il n'a plus jamais voulu passer devant, n'est plus jamais revenu ici. Plus son histoire, trop son histoire. Ses enfants lui ont-ils suggéré de se garer à l'entrée du village et proposé de venir l'aider à porter ses bagages, à pied, par l'autre côté ? Un deuxième accès aurait-il changé quelque chose ? Combien d'années mon père a-t-il lui-même passées à déserter le temps gâché des souvenirs ? Je ne sais pas précisément.

Dans la chronologie de cette géographie, il n'y a finalement qu'une date précise. Les actes authentiques ont cet avantage qu'ils éclairent les non-dits. Le 12 décembre 2001, après huit années à ne plus l'habiter, mon grand-père a choisi de transmettre *de son vivant* sa maison à ses enfants. Le procédé portait un nom. La donation-partage n'était pas une indivision. Le *bien*, comme on l'appelait dans ces circonstances, serait divisé en lots, à la découpe comme dans les grandes villes, mais sans locataire à mettre dehors. Sur les documents officiels que j'ai eus à consulter pour la première fois il y a quelques mois, la maison porte d'ailleurs le nom d'immeuble. Dans cette répartition, le premier étage est revenu à mon père, les deuxième et dernier à ma tante qui, avait-on conclu, y était plus attachée. À quoi mesure-t-on l'attachement dans ces cas-là ? Au temps passé dedans quand d'autres la fuyaient ? Au soin pris à la décorer, plus développé alors chez une femme mariée que chez un père célibataire qui emmenait sa fille en vacances vers de lointaines destinations ou entourés d'amis qui avaient eux-mêmes des enfants avec lesquels elle pourrait s'occuper ? Peu importe que son baptême ait été célébré sur la terrasse, qu'elle se soit épuisée des heures sur les rochers en face à chercher des crabes en guettant un geste d'en haut qui voulait dire à table. Ni qu'au tout début de l'adolescence ce soit ici qu'elle ait embrassé un garçon pour la première fois. Ce garçon qui lui aussi était en vacances et avait osé, en regardant la mer noire et épaisse, formuler : Allez, bain de minuit ! Elle l'avait suivi parce que c'était inédit, parce qu'elle n'avait pas l'âge d'éteindre un sursaut par fatigue ou par paresse et pas encore la lucidité de savoir que ce fantasme aquatique n'avait strictement aucun intérêt. Elle avait tremblé chaque seconde, ne voyant plus ses membres sous l'eau, mais, leur rythme cardiaque revenu à la normale, ils avaient fini par s'endormir tête-bêche sur les banquettes extérieures, devant ce décor qui avait été témoin pour les six années suivantes et pour toujours de ce que l'on appelait un premier amour. Mais non, l'attachement ici ne se mesurait pas à hauteur d'enfant. Ce 12 décembre 2001, mon grand-père qui croyait bien faire venait de démembrer la maison. Et un peu la famille avec.

Une fois passé le cimetière, l'accès se fait par des rues minuscules où seules les plantes qui grimpent ont leur place. Les passants qui ne sont pas du coin nous regardent arriver en voiture comme si nous étions perdus. Les rues pavées laissent croire qu'elles sont piétonnes, leur étroitesse qu'il n'y a pas d'issue. Je peux lire dans leurs yeux ce qu'il reste, dans cette région, d'inquiétude lorsqu'une femme conduit. Où elle va celle-là ? Lorsqu'ils s'écartent pour nous laisser passer, c'est carrément une fusillade. Elle compte se garer dans la mer cette dingue ? Ce n'est qu'un court moment à passer où chaque mètre est une victoire. Il faut ensuite prier pour ne pas rencontrer ceux qui pensent pouvoir stationner là afin de décharger leurs sacs de courses et leurs valises sans gêner personne. Une Jaguar ancienne obstrue le dernier segment avant la maison. Le véhicule est immatriculé en Allemagne : Ça doit être le taré qui a racheté le garage à bateau huit cent mille euros aux pêcheurs, s'agace mon père.

Quand il claque la portière son pull s'accroche au bougainvillier qui ne sent toujours rien tout en étant si beau.

J'attends une minute avant de klaxonner. Je n'aime pas faire retentir le son violent de la grande ville ici. Le pas lent, un pantalon de toile tabac, le voisin qui a bien intégré les us et coutumes du coin arrive enfin, l'air pas du tout inquiet. Il appartient à ces individus qui déroulent bien le pied et n'accélèrent pas le pas quoi qu'il arrive. Il me fait un signe avant de déposer des cabas réutilisables dans son coffre. Encore un écolo tombé amoureux de l'« authenticité » du quartier. Il doit nager toute l'année en combinaison quand il ne se bat pas avec l'administration française pour que son véhicule obtienne l'étiquette « historique » et puisse continuer de rouler.

– Vous ne pouvez pas aller plus loin, me dit-il en anglais.

Pourquoi dans son village, sa rue, n'importe lequel de ses minuscules royaumes, l'être humain veut-il toujours démontrer à l'autre qu'il est meilleur connaisseur ?

– Je sais monsieur, mais j'ai un garage un peu plus bas.

– *Oh, lucky you !*

– Comme vous dites…

Démarre alors le cirque habituel : j'entame une marche arrière dans un concert de bips affolants en essayant de me caler dans un coin pour le laisser sortir, et m'engouffrer à mon tour. Au moment où l'on se croise, il me fait signe et baisse sa vitre : *Please let me know if you sell it.*

Je prends la carte de visite qu'il me tend et la mords entre mes dents le temps de manœuvrer : C'est quoi ? demande mon père qui attend devant la maison.

D'un geste du menton, je lui demande de la récupérer : Le type de la Jaguar. Il veut acheter le garage.

Sur la lourde porte en bois, la tête de lion en laiton qui a depuis longtemps perdu l'anneau qu'il tenait dans sa gueule laisse échapper une traînée de rouille.

J'ai mis longtemps à m'arrêter au premier étage. Machinalement, je continuais de grimper. Dans l'empreinte mémorielle de mon cerveau, ce n'était pas là que l'on déposait nos bagages en arrivant. Il était resté celui d'une fille au pair qui s'installait pour tout l'été dans une petite chambre brûlante munie certes d'un seul ventilateur mais d'une fenêtre ouverte sur la mer. Un endroit hybride où descendaient les enfants quand les parents voulaient « la paix », *allez voir au premier si on y est.* On n'y dormait que lorsqu'il n'y avait plus de place là-haut. La salle de jeux se transformait en dortoir et la salle de bains qui ne servait alors qu'à nous dessaler devenait la nôtre. Après des heures dans le sable, depuis la porte d'entrée, il s'agissait de prendre le plus court chemin vers la douche géante. Tant pis si on laissait des traces, du moment qu'on ne souillait pas l'ensemble de la maison. Dans le hall puis l'escalier, sous nos pieds nus, les tomettes jouaient un air de xylophone irrégulier. Aujourd'hui, il est toujours le même sous mes pas. Ce couloir et ces marches sont les seules parties de la maison qui n'aient jamais été refaites. Elles doivent dater de 1920. Il faut faire attention à ne pas se frotter au mur car le crépi fait mal. Les carreaux sont d'une couleur qu'aucun vendeur n'oserait plus présenter et les plinthes abîmées laissent entrevoir le bois sous la couche de peinture écaillée. On pourrait prendre ça pour de la négligence, un oubli. Je suppose ici une volonté de garantir l'aspect spectaculaire quant à la décoration de bon goût du reste. L'effet est réussi, la réaction presque automatique. Quiconque vient ici pour la première fois s'extasie. Incroyable, ce qu'on ne soupçonne pas en entrant. On pénètre un taudis, on finit sur le pont d'un paquebot. Les primo-résidents, on ne les fait même pas passer par la case chambre pour déposer leurs affaires. Qu'ils les laissent dans l'entrée et aillent directement au sommet. Alors, ma tante guette. Je crois même l'avoir surprise une fois à compter dans son dos et avec les doigts les secondes qui s'écoulaient entre l'arrivée et l'exercice d'admiration. Inscrivait-elle les temps de chacun dans un carnet ? Qui détenait le record ? Je me souviens de mon arrivée ce jour où j'étais venue pour la première fois avec l'homme dont je partageais la vie. Elle était accrochée à ses lèvres, il n'avait pas dit un mot et j'étais suffisamment folle de lui pour ne surtout pas lui faire remarquer son silence. Au bout d'un moment, il s'est tourné vers moi en me demandant : « Tu me servirais un verre d'eau ? Je meurs de soif ! »

Quelques mois plus tard, alors que nos goûts apparemment différents et des caractères objectivement incompatibles avaient conduit à notre séparation, j'en avais informé celle qui avait été témoin de cette scène oubliée quelque part dans la mémoire de notre histoire. Sans perdre de temps à me consoler ou pensant le faire, elle a tout de suite rappelé cet épisode.

– Je m'en souviendrai toujours comme de la seule personne qui n'ait fait aucun commentaire sur la beauté de la maison !

Un défaut indépassable selon ce que je comprenais de l'entrain soudain que suscitait en elle la nouvelle. Pourtant, à ce moment précis, alors que je grimpe cet escalier pour l'une des toutes dernières fois, j'envie cet homme. J'ai toujours regardé sa volonté de n'être propriétaire de rien comme une bizarrerie. Il revendiquait cela, disait comme si c'était un argument : Chez nous, on préfère ne pas.

Je n'y trouvais aucune raison valable quand on avait les moyens de le faire. Ni lui ni sa famille n'avaient dû quitter une vie du jour au lendemain. Il se rêvait en Juif errant, en Libanais déraciné par la guerre civile, en Iranien ayant fui la révolution. Tout ça parce qu'il était né à Montréal par hasard, n'était-ce pas un peu ridicule ? Si je posais une question de plus, il me disait : « Toi qui aimes tant ça, tu devrais lire Aharon Appelfeld. » Bonne élève, je m'exécutais. Je comprenais bien ce sentiment puissant et très physique que l'on pouvait ressentir face aux odeurs, aux lumières, aux sons de l'endroit où l'on avait grandi. Je saisissais, oui, évidemment, à quelle vitesse tout cela pouvait devenir de la vulnérabilité, un piège, moi qui en un quart de seconde était capable de dire – ma main à couper – que ce ciel-là, cette couleur que l'on apercevait une seconde à peine dans le coin d'un écran pendant le générique d'un film, c'était celui que je voyais quand je levais la tête, les mains devant la bouche pour appeler des paons qui habitaient la citadelle et en descendaient parfois. *Léon, Léon.* Pendant toutes ces années, j'en avais vu des tas mais aucun n'avait daigné m'offrir le spectacle majestueux d'une roue complète. Je passais dans ma tête de l'image de ce paon à celle de cet homme jusqu'à ce qu'elles se mélangent. C'était alors un homme-paon qui m'avait débité son injonction intelligente – à travers cette lecture – à ne pas m'encombrer de choses qui pouvaient m'échapper et je le détestais. Pourtant, sur le seuil du premier étage – je ne suis jamais parvenue à le nommer « appartement » –, je peux dire que je suis jalouse de sa liberté. Jalouse qu'il ne pèse pas, comme moi, une tonne au moment de pousser la porte. La nostalgie mêlée au matérialisme peut devenir ce trou dans lequel on se terre. J'avais toujours été nostalgique, j'étais devenue matérialiste quand je n'avais plus pu l'être.

Existe-t-il des gens qui répondent du premier coup à la question : de combien de mètres cubes avez-vous besoin ? À peine entrée, toutes ces choses que je vais devoir emballer me guettent, prêtes à me sauter dessus. J'ai commandé les cartons sans aucune idée, bien sûr. Il n'y avait pas grand-chose ici, je pensais. Un peu de vaisselle et de linge dans les placards. Quelques vêtements laissés d'été en été, preuve que je pourrais très bien m'en passer. Je n'aurais jamais été capable de les abandonner ici s'ils avaient eu le moindre intérêt. Le caractère séduisant de l'idée de voyager léger, voire les mains vides, a toujours été annihilé par l'angoisse qu'une chose puisse, même l'espace d'une seconde, me manquer à un moment de l'année.

Ah oui, il y a aussi ce peignoir que je porte pour descendre me baigner. Et une paire d'espadrilles élimées. Et les bougies parfumées, monsieur, ça compte les bougies parfumées ?

Il faudra aussi du papier bulle et des autocollants indiquant un caractère fragile pour les dizaines de pots à pharmacie qui sont toujours sur la cheminée. Ceux d'une famille de médecins, que des médecins, trop de médecins qui ont donné beaucoup d'hypocondriaques. Côté angoisse médicale, je n'ai pas démérité, mais qu'adviendrait-il si, en plus de ne pas avoir suivi leur voie, je cassais les pots ?

Comment faire aussi avec le grand miroir dans l'entrée devant lequel ma grand-mère, mon arrière-grand-mère et d'autres femmes ont noué leur foulard ? Avec son cadre en bois sculpté doré et son angelot qui me toise, il pourrait être dans des salons cossus, mais voilà il est accroché là dans cet espace épuré et il faut bien faire avec. Depuis que cet endroit est devenu un espace à part entière, nous avons tâché d'en garder le style originel. Ma mère, qui n'y a presque pas vécu mais sait tout de l'harmonie, a œuvré à ce que le blanc et le gris clair restent les couleurs dominantes, comme elles l'ont toujours été.

Il me faudra aussi des emballages plus petits pour mettre les livres pas si nombreux que ça. Il y a bien ceux que j'ai laissés, est-ce le signe qu'ils n'ont pas été adorés ? *Je ne souffrirai plus par amour* de Lucía Etxebarria, que, d'après l'année de lecture inscrite de ma main sur la première page, j'ai lu à un âge où je croyais savoir, hélas, ce que signifiait souffrir par amour. Et ces autres que je connais par cœur, conservés en double ailleurs. *L'Écriture comme un couteau* d'Annie Ernaux. *Une chambre à soi* de Virginia Woolf. Que d'originalité. Ça ne fait pas beaucoup, après tout. Il y a toujours eu peu de livres dans cette maison. Ou alors des grands, gros livres d'art, beaux livres de fondations et de musées, qu'il fallait poser sur une table basse et qui pouvaient être offerts et lus sans réfléchir. Assez peu de romans mais il passait des gens qui en lisaient beaucoup, en écrivaient même.

Que partageaient-ils avec ma famille, des gens plus que sachants dans leur domaine mais pas du tout artistes ? Entre ces murs, l'argent avait agi par capillarité, nouant des tissus invisibles entre les êtres. Les intellos précaires venaient chercher un confort qu'ils n'avaient pas chez eux, les parvenus appréciaient de se cultiver en les croisant. Le goût des lieux merveilleux réduit les distances, mélange des individus qui, malgré des codes sociaux différents, se rejoignent avec naturel. N'est-ce pas exactement ce qui se passe quand, à l'autre bout de la planète, dans un hôtel de luxe, on sympathise avec des gens qu'on n'aurait pas salués dans un café ? Cet entregent que j'ai l'air de juger, j'en ai profité.

C'est dix mètres au-dessus d'ici, lors d'une de ces soirées sur la terrasse, que j'ai rencontré mon premier employeur. Un héritier de l'entreprise familiale, une maison d'édition, ami d'amis d'amis. Un Suisse qui ne voulait que s'amuser ou s'entourer de beauté, selon ses mots, programme réjouissant que le milieu dans lequel il était né lui avait permis. Cet avantage conscient l'avait toujours conduit à aider, avec une décontraction tenant de la bonhomie comme de l'absence de besoin, ceux qui n'avaient pas eu la chance de voir le jour à l'endroit où ils allaient évoluer. Il avait dit : Parlez-moi de vous, jeune fille, semblant intrigué par ce que je dégageais, intéressé par ma jeunesse dont il percevait un décalage qui pouvait résonner en lui. Je lui racontai alors mes études de lettres, ma volonté, un peu gênée, de faire le même métier que lui. Je n'aurais pas osé lui dire que c'était pour écrire. On se méfie toujours des enfants qui veulent écrire.

En un soir d'été, l'affaire était pliée. J'irais vivre chez sa femme et lui, à Paris, le temps du stage. Le couple partait souvent en voyage et le week-end à la campagne. J'aurais les clés, mon indépendance, la petite chambre sur le jardin et puis ça tombait bien, ma présence occuperait la jeune femme qui tenait la maison six jours par semaine et manquait, d'après lui, vraiment de quoi s'occuper. « Elle fait, vers 17 heures, de merveilleux biscuits au citron que je vous recommande. » Le ton de confidence sur lequel il l'avait dite conférait la plus haute importance à cette information banale. Comme chez beaucoup de gens très minces, la bouffe était un vrai sujet. Et quand il mangeait un fruit, il l'avalait aussi goulûment et vite qu'une mère passant la tétine de son bébé dans sa bouche avant de la mettre dans celle de l'enfant hurlant, pour le faire taire.

Il n'avait pas menti ce soir-là. Au début de l'année suivante, tout s'était passé comme il l'avait prédit. Je ne l'avais quasiment pas croisé. Ni chez lui où je trouvai refuge ne connaissant personne dans cette ville, ni dans les locaux de son entreprise où je passai deux mois au sous-sol, à lire au kilomètre des manuscrits envoyés par la poste et qui me passionnaient. Week-ends compris, j'allais travailler à pied. Ce dédale de rues inconnues serait à jamais associé à ma jeunesse qui ne savait pas, à la méconnaissance d'une géographie propre aux parachutés.

Aujourd'hui, quand il m'arrive de repasser devant le numéro de la rue de Tournon où j'habitais seule dans un intérieur entièrement dessiné par Liaigre, le temps d'un stage non rémunéré, je suis troublée par ce décalage. Troublée qu'il se soit répété, devenant une caractéristique de ma vie de jeune femme. Le jour de la sortie de mon premier livre, mes parents ont organisé une réception qui leur a sans doute coûté autant que mon à-valoir. Depuis, j'ai veillé dans des chambres d'hôtel, pour rendre à temps des articles qui n'allaient pas me rapporter le prix de deux nuits du séjour que je ne paierais pas. Il m'est arrivé, encore récemment, de toucher ce sentiment du doigt les fois où j'ai voyagé avec eux. Il y a quelque chose d'étrange à partir en vacances avec ses parents lorsqu'on est adulte. On a sa propre vie, son propre appartement, sa propre ville même, lorsqu'on s'est déraciné, et alors, quel que soit son âge, on devient cet enfant à nouveau. Et chacun de nos sacrifices quotidiens semble dérisoire à côté de leurs dépenses. Pour trois jours ou une semaine, on est assisté et eux « en charge », comme disent les Anglo-Saxons. Parfois, je me prends à rêver que ce serait moi qui louerais le chalet, paierais les billets de train, le moniteur de ski et le massage sportif *idéal après un effort intense pour une récupération musculaire complète* pour tout le monde. Il y a des mois où je le pourrais mais serait-ce cohérent ? Je n'ose imaginer la satisfaction que peuvent en tirer ces transfuges de classe qui ont grimpé l'échelle ou ceux qui ont fait fructifier ce qu'on leur a transmis. Il m'arrive de vouloir être à leur place. Ce n'est pas de la provocation : ils peuvent se tenir bien plus fiers que moi.

À l'époque de ce court trajet à pieds entre la rue de Tournon et le boulevard Saint-Germain, je préparais dans ma tête tout ce que je raconterais à mon patron d'alors quand je le verrais : pas un jour de ce mois-là je n'en revenais d'être là où j'étais. Chaque matin, la porte de son bureau fermée, je reléguais ma reconnaissance au jour d'après, puis à l'été suivant. À ce moment-là, je lui confierais avoir découvert, comme si c'était une matière palpable, l'élan qui me permettrait de m'arracher à ce que j'avais toujours connu. Et puis finalement, exactement comme tout ce qui n'est pas fait dans le souffle s'éteint, je ne lui ai jamais raconté. Tels ces brouillons de lettres non envoyées restent sauvegardées dans les notes de nos téléphones. C'est peut-être là pourtant, l'été de mes vingt et un ans, que j'ai commencé insidieusement à me demander de quelle façon je pourrais, un jour, rembourser mes parents. Eux qui m'avaient donné les moyens de choisir, partir, quitter, transmis l'aisance qui allait me servir sans que jamais je ne m'en rende compte, offert des refuges et des points de chute où, quoique la vie fût violente, elle restait douce. Près de dix ans plus tard, alors que je m'apprête à me défaire d'un de ceux-là et qu'ils ne m'ont toujours rien demandé, je ne peux pas faire taire la petite voix en moi qui dit : qu'as-tu fait de tout ça ?

Sur la photo, je porte une longue robe de baptême avec une traîne et un bonnet. Les deux confectionnés dans une popeline blanche très fine sont brodés de mes initiales. Dans les bras de ma tante, je pose sans en avoir conscience. Sur la terrasse, elle s'est placée de manière à ce que la vue apparaisse en arrière-plan. On aperçoit un bout de la rambarde métallique et, derrière, la mer. Sur le cliché, elle doit avoir trente ans et c'est fou à quel point je lui ressemble au même âge. Plus qu'à mes parents. Ça a toujours été le cas. L'épaisseur de nos cheveux, leur couleur, le regard lourd parfois et puis ces yeux bleus que nous sommes les seules, dans la famille, à avoir. Souvent, on lui a fait la remarque : « C'est votre fille, n'est-ce pas ? – Non mais c'est tout comme ! » C'est elle, qui me porte, qui a fait poser le verrou m'empêchant d'accéder à l'étage.

Je ne peux pas affirmer que j'ai été comme sa fille ou si c'était une formule, mais elle a été plus que la sœur de mon père. Une relation augmentée dans son genre, plus vaste me semblait-il que celle que mes amies entretenaient avec leur tante. Était-ce parce qu'elle n'avait pas d'enfant ? Parce qu'elle m'avait gardée souvent ? Comme sa mère, elle faisait partie de ces femmes mariées qui, sans avoir encore conquis l'indépendance financière, parvenaient à vivre la vie qu'elles voulaient. Dans les années 80, ma grand-mère prenait seule le Concorde pour assister au vernissage du sculpteur Arman à New York. Ensemble, elles allaient en train couchette à la Biennale de Venise. La première fois que j'ai entendu parler de la place Saint-Marc, de l'*arsenale* et des *giardini*, c'était de sa bouche. Ma grand-mère disparue, elle me proposait de m'y emmener. L'année suivante, comme pour la consoler encore de cette absence qui ne passait pas, je suggérais qu'on y retourne. J'étais jeune, trop pour savoir que l'événement n'avait lieu que tous les deux ans. Je n'ai plus jamais fait la faute. Les petites humiliations ont cet avantage qu'elles accrochent à nos mémoires des informations comme des icebergs incontournables.

Les fois où elle partait et que je n'étais pas du voyage, j'y étais presque en l'attendant. Il y avait toujours un moment dans l'été où elle et son mari quittaient la maison, nous laissaient mon père et moi. Ils prenaient la route pour l'Italie, longeaient la côte jusqu'à Gênes, poussaient jusqu'à Côme, puis revenaient par l'intérieur des terres. Sur une carte, j'avais tracé le circuit en vert pour l'aller, en rouge pour le retour. Et quand je les entendais arriver, je descendais les escaliers quatre à quatre pour aider à vider le coffre. Je savais que les achats qu'elle avait faits se trouveraient bien alignés sur la banquette arrière, bien empaquetés dans leur papier de soie et sac rigide. Dans ma tête, je lisais les noms des marques italiennes. Leur peu de syllabes résonnait dedans, leurs consonnes qui se suivaient n'étaient pas banales, on aurait dit qu'elles étaient faites pour apprendre à lire aux enfants. De Milan, elle m'avait rapporté mon premier tee-shirt Fiorucci, sur lequel étaient imprimés deux angelots, rangé dans une boîte en fer bleu ciel. De Saint-Paul-de-Vence, un menu qu'elle avait piqué détaillant la dizaine d'entrées servies dans de petits plats en argent que le serveur avait déposés sur leur table. J'avais dans la bouche le goût des oignons caramélisés rien qu'en le parcourant. Dans sa chambre, alors qu'elle déballait ses trouvailles, j'essayais des mules à talons vernies noires trop grandes pour moi, des hauts en crêpe sur lesquels étaient cousues des perles ou apposés des ronds de plastique de couleur. Des vêtements prêts pour de grandes occasions. Rien ne m'allait encore mais je savais qu'un jour je pourrais les porter, elle me les prêterait.

Des portraits comme celui-là, il y en a des tas. Comme pour la maison, je peux suivre l'évolution de ma construction. Des boucles blondes et des joues rondes à trois ans, plus brune et droite comme un i à quinze, les mains sur mes cuisses de manière si rangée, presque inquiétante. Avec, sans dents, selon les époques. Et puis à un moment les photos s'arrêtent, on ne les a plus imprimées, achetées, ni même laissé prendre par le photographe qui passait. Il y en avait plein nos téléphones, à quoi cela servait ? Un rouleau de scotch dans une main, j'assemble le premier carton et emballe les cadres un par un.

Dans mon dos, j'entends la voix de mon père : Tu es sûre que tu veux commencer par là ?

Il faut bien commencer quelque part.

Il y a du bon à endurer certaines tâches soi-même : n'importe quel endroit qu'on ne voudrait pas quitter devient invivable. Cela fait quelques heures à peine que je suis ici, les mains dans les souvenirs, et déjà je cherche à m'échapper. Mais par la fenêtre, l'extérieur ne me tend pas les bras. Un jour de mai, le soleil et la mer auraient pu m'appeler, me faire dévier, me rappeler ce sentiment amer qui m'habitait quand je passais ici des heures, recluse, à étudier. Je n'ai jamais su résister au soleil. Tourner la tête en direction du moindre rayon, le traquer partout. Traverser pour remonter la rue, la vie en général, du côté ensoleillé du trottoir aurait pu être un programme qui me correspondait parfaitement. À jamais, où que je sois, sur n'importe quel boulevard haussmannien, je suis cette fille du Sud qui ne sait faire autrement. Dans les villes où je me suis exilée à l'autre bout de la France, cherchant l'excellence, j'ai retrouvé mes frères de lumière, sortis de chez eux par jour de beau temps comme s'ils s'étaient multipliés, soudain si nombreux prêts à s'exposer enfin. Attendre devant une terrasse de café, guetter le départ d'un client pour se ruer à sa place. Ici et là, j'ai vu des hommes en venir aux mains dans un jardin public pour une chaise à la bonne inclinaison et exposée plein sud. Voilà ce qu'on était capable de faire pour une place au soleil. Certains parce qu'ils ne l'avaient jamais, d'autres parce qu'ils l'avaient depuis toujours et ne la lâcheraient pas.

Mais aujourd'hui le ciel a décidé du contraire dans une concordance parfaite de cette brume à couper au couteau et de l'épaisseur de la situation. Mouvement perpétuel de ressac, les vagues toujours plus grosses qui passent par-dessus la jetée, près de la briser. Et si elles la brisaient, maintenant, qu'est-ce que ça pourrait bien me faire ?

Le mari de ma tante ne disait-il pas qu'avec le réchauffement climatique la maison aurait un jour les pieds dans l'eau et au sens propre, pas comme un argument d'agent immobilier. Serait-il satisfait de savoir que nous partons avant que cela se produise ? En janvier 2020, le GIEC, un groupe d'experts qui n'a que des choses atroces à nous annoncer sur notre avenir plus ou moins proche, a mis en place une carte du monde permettant à chacun de zoomer pour visualiser dans quel état se trouverait sa terre préférée en 2050. Je l'ai essayée à l'époque, pensant peut-être me voir faire des ronds dans l'eau dans l'espace de ma chambre. C'était une carte à plat, sans 3D, qui ne montrait que les contours et soulignait les côtes en danger. À l'endroit de la maison comme sur le sentier littoral et d'autres petits coins de plage aujourd'hui dégagés, il y avait une bande rouge qui signifiait « en dessous du niveau de la mer ». Je dézoomais alors pour observer le désastre à plus grande échelle. Les plaques empourprées étaient encore plus vastes et nombreuses entre Bordeaux et Nantes. L'île de Ré, Noirmoutier, Carnac, certaines zones étaient carrément noyées. Je pensais à l'époque que, comme pour tous ces autres, ce serait la mer qui nous déshabillerait.

Pour être bien certaine de ce que les eaux vont un jour engloutir, je sors malgré le vent explorer chaque recoin de la zone, me frotter, dans ce décor hostile, à chacun des micro-souvenirs. Le crêpier de la petite rue derrière la maison n'a pas changé. Les tempes un peu plus grises mais toujours cette manière de me tendre ma « sucre-citron » en glissant une pince en plastique pour la manger « de suite ». Il me rassure. Autour de lui, le village a tant évolué qu'à trente ans à peine, je peux dresser la liste des choses qui s'évanouiront avec moi. Le bazar où l'on allait acheter cet absurde jeu de ballon relié à une raquette qui revenait sans cesse et qu'il fallait taper *bien dans l'axe*, tenue par Eugénie, une Haïtienne que les enfants entre eux appelaient « la Noire » sans savoir. Disparue. Le marchand de journaux du port qui posait de gros galets sur les piles pour que les quotidiens ne s'envolent pas (celle du *Figaro* était toujours intégralement vendue en premier) devenu un glacier. Pareil du traiteur immense qui faisait un angle, où l'on achetait des rouleaux au fromage pleins de crème quand l'alimentation n'était pas encore sous extrême contrôle, maintenant une chaîne de lingerie *sexy chic* pour des filles apparemment désireuses de s'exposer bien plus qu'à elles-mêmes.

Dans chaque coin de ce village, j'ai des difficultés à vivre au présent. Quoi que je fasse, des diapositives viennent se coller dessus. Je me repère à ce qui n'est plus. Et dans les vitrines des boutiques qui ont changé, je suis toujours surprise de voir des collections actuelles. À bien y regarder, je nous aperçois dans le reflet toutes les deux : l'impermanence des choses et moi. Est-ce ça qui m'inquiète tant : ne plus me reconnaître dans des endroits qui n'existent plus non plus ? En termes de silhouette, je n'ai pas tellement changé. Mais dedans, j'ai cent ans.

De retour en bas de la maison, je retrouve ainsi l'hôtel d'à côté où, jadis, la propriétaire, amie des écrivains, ne leur faisait pas payer leur chambre quand ils étaient fauchés (souvent). Elle me racontait toujours cette anecdote, comme si c'était la première fois. Mon instinct de petite fille qui, sans qu'on me l'ait dit, savait qu'il fallait toujours paraître intéressée malgré la répétition.

Qu'il fallait faire semblant de savoir qui était cette Françoise *sans gants* dont elle me parlait sans cesse. Et ne manquer aucun rendez-vous qu'elle me donnait pour manger des biscuits secs qui n'en avaient pas que le nom. C'est ainsi qu'on faisait avec les vieilles dames. Aujourd'hui, Margot a disparu, sa fille a vendu l'établissement, qui vient d'être refait. Les enfants croient que tout est pour toujours. J'ai longtemps été cette enfant.

Dans ma déambulation, je n'ai pas fait de courses pour dîner. Et maintenant c'est trop tard. Il est des endroits, comme ici, où passé une certaine heure il n'en est plus question. Et puis, ne dit-on pas qu'il ne sert à rien de remplir une maison à la veille d'un départ ? Sur la petite place que je domine, la guirlande façon guinguette accrochée à l'extérieur d'un restaurant m'appelle. Je ne l'ai jamais essayé. C'est idiot, c'est sans doute le seul endroit qu'il reste où se nourrir à des prix décents. Dans l'entrée, je patiente sans me faire remarquer. Il est un peu tôt, je suis la première et les serveurs se marrent dans un coin. Ils se montrent des photos sur l'écran de leur téléphone. Ils ont l'air léger, leur temps n'est pas encore compté. Dans quelques jours, avec l'été, le village opérera sa mue qui ne leur laissera plus une seconde pour ce genre de décontraction. Des vacanciers par milliers, un service toute la journée. Cette métamorphose dure jusqu'à l'automne où, clou du spectacle, se tient chaque année une grande course de voiliers, regroupant ici des tablées immenses d'équipages déchaînés. Beaucoup d'hommes qui ont faim, soif et l'esprit heureux. À cette période-là, les serveurs ont le visage épuisé de plusieurs mois passés à tirer sur la corde de leur santé, mais guettent la perspective des semaines qui arrivent. Celle de la morte saison jusqu'au printemps suivant. J'ai toujours pensé que c'est ainsi que cet endroit conserve sa beauté. Les mois de personne, comme un corps trop étreint, il se régénère. Je n'ai jamais imaginé que le même phénomène agissait ailleurs, pour d'autres stations balnéaires qui, elles aussi, devaient retrouver leurs couleurs, leur air. Je ne me suis jamais posé la question car pour moi, de village, il n'y en avait qu'un.

Mais ce soir, je suis là et rien n'est dans sa configuration habituelle : ni l'effervescence autour, ni ce garçon que j'ai dû voir faire mille allers-retours dans ma vie, qui me sourit :

– Vous n'avez pas beaucoup profité de la maison cette année, non ?

Nous devons avoir le même âge mais il me vouvoie.

– Non, c'est vrai.

Je n'ose pas briser la chaîne la première, je hais le tutoiement de situation. Encore moins faire l'étonnée face à lui qui veut me montrer qu'il me connaît.

– Vous avez vendu au Parisien il paraît ?

– Oui, mais c'est un ami de longue date. On passait nos vacances ici enfants. Les nouvelles vont vite !

– Il faudrait être fou pour croire le contraire. Et d'après ce que j'ai compris vous savez réfléchir.

Je ne vois pas bien ce qu'il entend par là, j'imagine qu'il a dû me voir à la télé une fois dire trois mots qui se suivaient plus ou moins et depuis il y croit. Il pose le menu sur la table sans attendre que je réplique. De toute façon, mon père est là, s'assoit, et c'est assez pour le faire disparaître. Il pose son téléphone sur la table, se cale dans son fauteuil et détaille le menu.

– Pourquoi ne sommes-nous jamais venus ici ? Ç'aurait peut-être été un signe de résistance ?

Il ne rebondit pas. Je ne demande pas non plus pourquoi on ne s'arrête sur les êtres, les lieux, que trop tard, quand ce n'est plus le moment. Entre nous, les grandes choses n'ont jamais été prononcées au-dessus d'une assiette. Au mieux, on commentait ce qu'il y avait dedans, mais j'ai toujours eu l'espoir que les conversations s'enclenchent sans que je pose de questions, se poursuivent sans que je les relance. Je suis devenue journaliste parce que j'ai grandi en prenant mes déjeuners au restaurant – le mercredi, un week-end sur deux et la moitié des vacances scolaires – face à une double page de quotidien qui m'empêchait de le voir derrière. Si j'étais dedans, peut-être que j'apparaîtrais dans son champ de vision ? Ces dernières années, mon père a lu la presse tous les jours sur un iPad avec, en fond d'écran, une photo de moi immortalisée sur un plateau de télé.

Je n'ai pas réussi à finir le digestif *offert par la maison*. Après deux gorgées, j'ai vidé le reste dans mon verre d'eau. Je n'ai pas osé dire que je ne buvais pas quand le garçon me l'a proposé. J'avais passé toutes ces années à ne pas m'arrêter, ni à m'intéresser, ça méritait bien un petit rattrapage. Maintenant, je connaissais son prénom et, les joues rosies par la liqueur, je marchais un peu avant de remonter. Ce n'était vraiment pas un soir à avoir la tête qui tourne, allongée seule dans mon lit.

Quand avons-nous cohabité pour la dernière fois ? Dormi dans des chambres mitoyennes ?

Il y a un moment où ça ne se produit plus ou rarement. Cet endroit était le seul où cela nous arrivait encore une ou deux fois par an. À partir d'un certain âge, l'intimité partagée avec nos parents devient une étrangeté. Le corps que l'on aperçoit par l'entrebâillement de la porte de la salle de bains. Le bruit qu'ils font quand ils se lavent les dents. Celui qui se couche avant et demande : Tu éteindras ?

N'est-ce pas pourtant cette somme de choses infimes qu'il nous restera ? En ne faisant aucun bruit, je peux l'entendre expirer fort sous la douche. Une narine puis l'autre. Était-ce un tic hygiénique qu'il avait toujours eu ou une découverte tirée sur le tard de ses expériences de bien-être ? Un jour, il s'était réveillé en se disant « J'ai un corps » et c'était devenu soudain une préoccupation. Cet organisme qui l'avait miraculeusement porté jusque-là, il devait s'en soucier, il le sentait. Il pratiquait le jeûne deux fois par an, la monodiète régulièrement. La marche rapide quotidienne en tenue technique améliorerait le fonctionnement de sa machinerie, il en était certain. Et alors que je lis dans le silence du salon, est-ce possible que je l'entende faire des gargarismes ? En allant me coucher, c'est moi qui ai éteint la lumière du couloir. En passant devant sa chambre, j'ai chuchoté : Bonne nuit, papa.

Jour 2

Quel effet cela produit d'être réveillé par des coups de feu ? Rien de plus que l'impression d'avoir raté une fête, quand il s'agit d'un simulacre. Encore faut-il le savoir. J'ai, sans l'avoir prévu, choisi pour séjour ces trois jours en plein milieu de l'équivalent, ici, d'une fête nationale. Me fallait-il un tel cortège pour pouvoir partir ? Je comprenais mieux le scepticisme de la secrétaire de l'étude notariale au moment de fixer la date : si j'arrivais au bout de mes peines avant le jour prévu, je ne pourrais pas avancer ce rendez-vous maudit, elle en était certaine. Je suis même surprise après coup qu'elle ne l'ait pas précisé. Poser la question était presque une insulte. Pendant soixante-douze heures, personne ne travaillait.

Hier déjà, la ville entière, habillée de vieux uniformes pourtant rutilants, s'était réunie dans la matinée, lisais-je alors sur le site du journal local. Les hommes, munis de tambours et de tromblons, avaient sorti leurs plus belles vestes de marin, à galons ou épaulettes. Et des nuées de femmes s'étaient vêtues comme des paysannes, des artisanes, des bastidanes. Leurs jupes étaient empesées et leurs visages coiffés de chapeaux noirs ou de bonnets en voile de coton. Chacun de leur côté – la mixité n'ayant encore fait irruption dans les cérémonies commémoratives du XVIe siècle –, ils avaient rejoué leurs ancêtres, les forces militaires et navales, leurs filles et leurs épouses, ensemble, prêts à parer toute menace extérieure. Il reste quelques traces de ces attaques répétées ou des assauts venus du large. La citadelle qui domine la ville, deux maisons-forteresses. Je vois les trois depuis ma fenêtre. Et cette foule, c'est elle que j'entends d'ici. Ils sont mes contemporains et maintiennent, chaque année, le souvenir de cette milice locale désignée en 1558, chargée de garder la ville jour et nuit ; cette tradition qui lui rend hommage date de 1650. Leur attachement est ardent et leur culte passionné. Ils parlent de « legs sacré de l'honneur » et c'est vrai qu'ils ne rient pas lorsqu'ils défilent. Sur les photos du journal, ils arborent l'expression que l'on a lorsqu'on va communier.

Il y a un an, j'ai reçu une vidéo d'une de ces cérémonies. J'ai mis un moment avant de la voir car l'expéditeur ne faisait pas partie de mes contacts. Un inconnu qui envoyait du contenu filmé était naturellement jugé indésirable et classé loin des yeux. Le petit film posté sur YouTube en mars 2017 et intitulé « Bravade 1948 » comptait trois ans plus tard à peine 1 362 vues. J'enclenchai alors les 7 minutes et 28 secondes. Sur les images en noir et blanc, des hommes se suivent et se croisent. Sur un rythme saccadé – toujours le même air, à ne plus jamais sortir de la tête – ils avancent en groupe, leurs pas coordonnés apportent un autre son régulier qui vient se superposer à leur musique. Les femmes n'étaient-elles pas de la partie au milieu du siècle dernier ? Il n'y en a pas une parmi les escouades qui envahissent la place de la mairie puis le port et toutes les ruelles de la ville. Le montage n'est pas parfait, on passe d'un endroit à l'autre sans transition, mais en se concentrant on peut sentir le soufre des cent kilos de poudre tirés chaque jour et l'encens que laissent échapper les portes ouvertes de l'église sur leur passage. Puis, peu après la quatrième minute, l'objectif s'immobilise, le cadrage se focalise sur une scène. C'est un point fixe, cette fois. Encerlé d'hommes – tous en pantalon blanc ceinturé d'une taïole – un seul en tenue sombre patiente. Le torse bombé et l'allure raide, il entame un geste qu'il a dû répéter cent fois dans la solitude de sa chambre : de sa main droite, il tient une épée, la brandit vers le ciel, avant de la faire redescendre devant lui et, dans un mouvement de balancier vers la droite pour se donner de l'élan, la glisse dans l'étui accroché sur sa hanche gauche. Face à lui, un compère s'avance et lui remet une pique, longue de deux mètres au moins, au bout de laquelle se trouve un petit bouquet de fleurs rouges et blanches. Au second plan, à cet instant précis, les autres actionnent des tiges à l'intérieur de leurs canons. Ils chargent, puis, au signal, tirent en direction du sol. L'homme au centre disparaît dans un nuage de fumée, et quand il réapparaît il est seul à nouveau et, au son des fifres, entame une nouvelle chorégraphie. De la main qui a rangé l'épée, il fait désormais tourner la pique au-dessus de lui, devant lui. Une majorette à l'air sérieux et sans fioritures. Le visage est concentré, les mouvements millimétrés, les tirs continuent et sa silhouette m'est visible par intermittence. Entre chaque coup de feu, on ne sait pas. Cet homme est le chef de tous ceux qui l'entourent. Il n'a pas droit à l'erreur. Il est celui que l'on appelle le « capitaine de ville ». Il est chaque année désigné depuis 1650 par le conseil de la communauté, et depuis le XIXe siècle par le conseil municipal. Tous les lundis de Pâques, un représentant sort au balcon de la mairie, prononce la même litanie provençale, traduite ensuite en français, et le désigne. Son nom doit avoir été accepté à l'unanimité. L'honneur accolé à son titre est aussi énorme que cette ville est minuscule. Cet homme que tout le monde a adoubé en cette année 1948 est mon arrière-grand-père. Il est le gardien des traditions, le capitaine de ville, le conservateur de son histoire. Et dans ses mouvements circulaires, il l'enferme en entier : une ville détruite à la fin du XIVe siècle, l'installation, en 1470, de vingt et une familles génoises chargées de la reconstruire et de la défendre à condition d'être exemptées d'impôt. La confirmation, deux ans plus tard, par le duc René d'Anjou de son statut de terre de privilèges, privilèges confirmés par tous les rois de France de François Ier jusqu'à Louis XIV. La liste des moments de lutte pour garder ce petit bout de territoire intact continuait encore sur deux siècles et justifiait cette bravade. Et nous, depuis lui, avions-nous été braves ? N'étais-je pas, son arrière-petite-fille, l'exact opposé de ces hommes à la mémoire desquels il paradait ? Rien qu'une déserteuse, incapable de garder son territoire intact et en sécurité ?

Ce film, je l'ai regardé plusieurs fois. Je n'en avais jamais vu de lui, avant. Dans le public, j'ai souvent cherché sa femme, ses enfants. En ont-ils tourné eux, des images ? Jamais on ne s'est repassé en famille ce qui ici est une grande fierté. Ce conte ne faisait pas partie de ceux de mon enfance. Soixante-dix ans plus tard, un inconnu avait pris la peine de me les envoyer après les avoir exhumées, rendues visibles, coupées, assemblées. Assez vite, je pris connaissance des différentes règles à respecter. On devait dire « habillé » et non « déguisé ». Les vêtements étaient transmis de génération en génération, certainement pas loués ni imités. Les femmes devaient faire valider la façon de nouer leur foulard par une plus ancienne qui faisait figure d'autorité. Trois plis sur le devant et la pointe fixée sur la poitrine par une aiguille perlée. Les hommes, eux, avaient le devoir de s'entraîner à tambouriner, jouer de la flûte ou tirer. Il y avait des plages horaires prévues tout au long de l'année pour cette formation ou cette remise en selle. Personne ne se posait la question de savoir s'il était disponible ou non, expatrié ou pas. Il n'était même pas question d'inscription, on considérait qu'ils seraient là. Concernant le protocole, chacun y allait de son anecdote. J'ai écouté une femme me rappeler le souvenir « traumatique » du jour où, adolescente, elle défilait tranquillement dans les rues ensoleillées avant d'être arrêtée par une mère de famille qui prenait à partie ses sœurs, ses filles, montrait du doigt la coiffe qu'elle portait sur la tête. Ce n'était pas possible, elle l'avait volée. Dans un élan tragique, l'accusatrice répétait qu'elle appartenait à sa propre mère qui ne l'avait jamais retrouvée. Elle ne l'a pas déshabillée sur place – la présumée voleuse n'aurait pu poursuivre la procession tête nue – mais à la fin des trois jours la jeune fille avait dû remettre, penaude, l'objet à l'intéressée sans même savoir si ce qu'elle disait était vrai puisque la blanchisseuse qui avait dû amidonner la coiffe la lui avait remise en lieu et place de celle déposée. Autour de cette fête qui n'en était pas une (le mot même était banni), personne ne plaisantait. Pour en être le chef, j'imaginais bien qu'il fallait avoir passé plusieurs étapes. Au cœur d'une de ces ruelles délavées qui ne pouvaient rappeler que deux endroits au monde, ici et un coin d'Italie, près de Sienne, dans un local au-dessus duquel était inscrite la devise de la ville *Ad usque fidelis*, j'étais allée à l'époque, sûre de trouver mes réponses. À l'intérieur, en contrebas, dans une pièce sombre recouverte d'une moquette rouge du sol au plafond, un homme sans âge était plongé dans un ouvrage qui aurait pu être en latin sans rien d'étonnant.

Moins une et je me mettais à voir en noir et blanc.

Sans lever les yeux de son livre, l'homme me demanda, avec une voix rauque sortie du fond des âges : Vous venez pour les drapeaux ?

Son accent me réchauffait le dos, mais non, je ne voulais pas de drapeaux, je ne savais pas bien de quoi il parlait mais je ne posai pas la question. J'en avais d'autres et je sentais qu'il valait mieux garder du crédit. Pourquoi ce genre de garant des institutions avait-il toujours l'air bougon d'un personnage joué par Lino Ventura ? En entrant j'ai hésité à dire que j'étais journaliste, que je m'intéressais à l'histoire du village. M'aurait-il regardée alors ? J'ai dit la vérité. Mon arrière-grand-père avait été capitaine de ville. À peine ma phrase finie, je découvrais la pupille sous ses paupières lourdes. Il me proposa un tabouret tendu de velours rouge, aussi, sûrement une obsession, et alla droit au but comme pour éviter de perdre son temps. En quelle année ? Quel était son nom ?

Je n'étais pas certaine de l'année mais j'avais vu une vidéo qui mentionnait 1948. Son nom était le même que le mien qui se trouvait ici, sur ma carte d'identité. En la lui tendant, je demandai :

Vous pouvez me dire quels sont les critères pour être nommé ?

D'abord il fallait impérativement être né ici. Chez soi ou à l'hôpital de la ville. Depuis que l'hôpital avait été détruit pour y faire des logements, précisait-il, c'était différent, il y avait une dérogation pour tous les enfants qui voyaient le jour au pôle de santé de la commune voisine – autant dire un drame – mais à son époque la règle était encore appliquée. Je n'osai pas le contredire de peur de le braquer instantanément mais je savais que mon aïeul n'était pas né ici. Je le laissai poursuivre jusqu'au moment où je sentis la conversation suffisamment avancée pour qu'il ne m'envoie pas balader, que le lien était fait pour lui raconter : sa naissance quasi par accident dans la région. Sa famille qui n'habitait pas le département, et plus tard, lorsqu'il avait eu la sienne, ce jour où il avait embarqué femme et enfants pour une longue route en voiture afin de leur montrer d'où il venait. Il s'était trompé de chemin et retrouvé ici, instantanément amoureux de ce clocher orangé, des glycines qui débordaient de petits jardins clos dans des rues minuscules, des Alpes enneigées qui se dégageaient au loin par beau temps, de l'idée d'apprendre à ses fils à pêcher sur cette mer qui n'invitait qu'à ça, et des paons, oui, même des paons en liberté. Mais non, il n'avait pas vu le jour là.

L'homme m'écoutait et se raclait la gorge : Dans son cas, c'était différent, me dit-il. Il a su voir les charmes du village avant que celui-ci ne soit la lubie de beaucoup d'*étrangers*.

Dans sa bouche, le mot ne désignait pas des personnes qui seraient venues d'un pays lointain, mais juste après le panneau de signalisation de sortie sur la route nationale. Que devais-je comprendre ? Qu'en étant visionnaire il s'était offert une identité ? Il avait réussi à acheter la maison avec la plus grande surface au sol du village, au milieu des pêcheurs, quand personne n'en voulait. Était-ce assez pour se faire accepter ?

– C'était un notable aussi, peut-être que ça a joué. Mais n'allez pas croire que ça aurait suffi s'il avait débarqué avec son seul acte de propriété. D'après ce que je lis, son admissibilité ne s'est pas faite tout de suite.

Dix ans s'étaient écoulés entre l'acquisition de la maison et sa nomination. Son nom avait plusieurs fois été soufflé, avant d'être retenu. Pendant tout ce temps, il avait soigné son appartenance à l'endroit en vivant comme un local. Je connaissais ces photos de lui installé dans un fauteuil de toile du café où il fallait être et imprimer la rétine de ceux qui comptaient. J'avais vu son allure de vieux loup de mer en gilet de velours grossier et chapeau de paille défraîchi à bord de son pointu, une barque en bois baptisée *La Désirade* sur laquelle il partait naviguer avec ses fils. À force, il connaissait les bons coins de pêche et les partageait. Ici, il avait troqué son costume de professeur de médecine de la ville comme pour dire : « Je suis des vôtres. » En dix ans, il était devenu un pilier de cet endroit qu'il avait connu par hasard. Je n'avais peut-être pas posé toutes les questions, pas eu toutes les réponses, mais en recoupant les éléments de mon informateur et les miens j'avais le sentiment d'être un peu plus avancée sur ce qu'avoir incarné ce rôle pouvait signifier.

Je le remerciai « mille fois » mais il s'était déjà replongé dans un texte et tout son monde. Que pouvait-il bien faire le reste du temps, quand il ne recevait pas des âmes errant dans leur passé comme moi ? En haut des quelques marches, sur le pas de la porte, je l'entendis me dire : N'oubliez pas votre drapeau, vous l'accrocherez à votre fenêtre, la veille de la bravade, en souvenir de lui. Je vous ai mis un peu de corde avec.

Ce drapeau et sa bobine sont aujourd'hui encore roulés dans le placard de ma chambre.

Et alors que j'entends, à travers les vitres, se jouer comme en écho la reproduction de cette scène que j'ai tant de fois regardée sur mon ordinateur (faisant dans un bonheur conscient nettement grimper le nombre de vues), cet air dont j'ai eu tant de mal à me débarrasser *ta-na-na-na-na ta-na-na-na-na*, je n'ai qu'une chose à faire avant de dilapider une partie de ce que mon arrière-grand-père a construit. J'attrape le tout, mesure, coupe. A-t-on trouvé dérivatif plus efficace qu'un accès manuel pour oublier une situation telle qu'elle est ? Je fais maintenant courir la cordelette dans la glissière prévue à cet effet dans la toile, j'accroche le lien aux attaches des volets, de chaque côté de la fenêtre. Dans deux jours, tout sera vide, mais d'ici là ce bout de tissu rouge et blanc flottera sous ma fenêtre, signe extérieur que je n'ai pas tout renié.

Est-ce le fait d'être envahis plusieurs mois par an qui rend les gens d'ici si attentifs au moindre changement ? Les temps de rien, ils voudraient sans doute que plus rien ne bouge, encadrer leur environnement de leurs mains comme on tient une maquette fragile. Cela faisait à peine vingt minutes que mon mince étendard était plaqué sur la façade – du côté orienté vers la mer, aucun vis-à-vis – que ma voisine me félicitait déjà : C'est la première fois que je le vois chez vous.

Ça fait du bien, il y en a de moins en moins avec le temps.

Quand on avait eu, comme elle, vingt ans dans les années 70, le c'était-mieux-avantisme était justifié ou, au moins, compréhensible. Elle pouvait bien se balader, guetter ses semblables et même les compter en promenant son chien, ça ne faisait de mal à personne. Dans ce village devenu Monopoly géant, quelques résistants préféraient encore hypothéquer jusqu'à leur dernière carte que céder. Ils mourraient sur scène ou la bouche ouverte. Dans le même temps, autour du plateau, quelques joueurs fraîchement formés aux règles du jeu multipliaient les petites maisons vertes, voire les hôtels. Ils apprenaient vite. Au milieu de ces deux catégories, se trouvaient les faux culs comme moi. Le genre à vendre, tout en rongeant l'os de l'appartenance jusqu'à la moelle.

Dans la rue, l'odeur de poudre me chatouille les narines comme un écouvillon mais ne m'évoque rien. Nous ne sommes jamais venus à cette période de l'année. Ce n'étaient pas les vacances scolaires, mais une période trop proche de la dernière ligne droite avant l'été pour se la couler douce. Je savoure, pour une fois, de ne pas être assaillie de souvenirs. Les madeleines englouties les unes derrière les autres finissent par écœurer. Cette surnostalgie ne m'envahit pas ailleurs. Dans la grande ville où j'ai grandi ou dans celle, plus grande encore, où je vis aujourd'hui. Dans les deux, pourtant, les rues, les esplanades, les commerces évoluent aussi vite, plus vite parfois qu'ici. Je me demande si la peur de devoir un jour quitter cet endroit a fait que j'ai toujours collecté, collecté, collecté des images dans ma mémoire. Je me demande si je suis la seule. Peut-on être préparé à quelque chose que l'on n'a pas encore vécu et qui nous parvient déjà ? Existe-t-il une sorte de prescience du malheur ?

Dans le sillage du cortège, j'observe et ça me suffit. Je n'ai rien à dire de ces lambeaux de papier qui recouvrent le sol après les tirs, ni des petites fleurs échappées des bouquets. Rien non plus, dans le marché aux poissons, de la pêche remplacée par des œillets. Le pas est lent, marqué par de nombreux arrêts. Parfois, dans le parcours, les rues sont si étroites et la foule si large qu'on patiente. Il n'est pas question d'être efficace. Personne ne semble se préoccuper de cela. Cette immobilité passive m'apaise. Il n'y a que ces deux personnes que je détecte tout de suite tant elles tranchent avec l'allure générale. Une jeune femme et un jeune homme. L'une porte une caméra, l'autre un micro au bout d'une perche et un sac à dos plein d'éclairages et d'un trépied qu'il ne sortira sans doute pas. Je les connais par cœur ces duos, celui qui filme et l'autre, dans son dos, pour lui éviter de tomber en reculant. Il m'arrive d'en croiser, au détour d'un carrefour, souvent au même endroit. Pas loin de leur école, ils tournent et apprennent, et moi je me revois quand j'étais à leur place. Au temps des journées froides à trimballer sur le dos une Betacam pour rapporter d'absurdes reportages sur la bière à boucler avant 18 heures quand je ne souhaitais au fond qu'écrire au long. Mais il fallait *se former à tout.* Je me demande : où seront-ils dans dix ans ? Je leur souris toujours et je voudrais leur dire : n'y croyez pas trop. Cette équipe-là n'est pas celle d'apprentis. L'autocollant de la chaîne nationale et la dextérité en attestent. La jeune femme, la tête dans l'œilleton, n'a pas l'air d'hésiter, elle a la main ferme et lui s'adapte à elle comme au ballet. En les dépassant, j'entends mon prénom. Soudain, je la reconnais. Elle m'explique pourquoi elle se retrouve ici : il y a deux ans, elle a quitté Paris – devenu trop cher – pour le Sud, a trouvé un poste au bureau local de la chaîne nationale. Aujourd'hui, elle est venue tourner avec son coéquipier des images de la bravade, ce genre de tradition plaît beaucoup à la rédaction et aux téléspectateurs du journal de 13 heures. C'est la deuxième fois qu'elle y assiste.

– Et toi, qu'est-ce que tu fais là ?

Nous faisions nos études ensemble, il y a neuf ans. Avec une autre élève, nous formions même un trio indéfectible. Et puis, des spécialités différentes, des débuts prenants, la vie qui s'étire et la fête des dix ans de notre promotion à laquelle nous n'avions pu nous rendre, nous ne nous sommes plus vues depuis. Jamais, malgré notre proximité, je ne lui avais parlé de mon lien à cet endroit où nous nous retrouvons après tout ce temps.

Trop de choses lui étaient attachées. Mes racines étaient à Saint-Tropez dont le nom déclenchait, selon moi à l'époque, trop d'idées préconçues auxquelles je ne voulais pas être associée. Ça voulait dire être riche ou parvenu, superficiel ou tape-à-l'œil, ça voulait dire avoir mauvais goût ou celui des autres. Ça voulait dire toutes ces choses qui ne voulaient rien dire pour moi et dont je ne rêvais pas. La vérité c'est que nous avions atterri ici, mais que ç'aurait pu être n'importe où ailleurs. Mais puisque c'était ici, c'est précisément à cela qu'on me renverrait.

Maintenant que ce n'était plus tout à fait vrai, j'ai répondu sans me poser de questions. Au milieu du tumulte j'ai même dû crier pour me faire entendre. J'ai fait simple : J'ai une maison ici.

J'ai longtemps eu honte et tout autant eu tort. J'ai aimé cet endroit comme on aime sa famille. Simplement et parce qu'on y est né. Charnellement et parce qu'il y fait plus chaud qu'ailleurs. Sans construire d'arguments autres que ceux du cœur. Longtemps donc, je n'ai pas su, pas pu défendre ce village face aux attaques des détracteurs qui le connaissaient moins bien que moi mais en avaient une plus grande idée. Aurais-je fait autrement si j'avais su exprimer ce que j'aimais tant dedans ? Je ne me suis pas posé de questions sur ce qu'il était vraiment, avant moi, avant eux, et on ne m'y a pas vraiment éduquée. Personne ne m'a conseillé de lire *Bonjour tristesse* à dix-sept ans, ni *La Naissance du jour* en passant devant la Treille muscate. Pas non plus ce journal de bord de Maupassant, le premier, en 1888, à évoquer le village en littérature. À la place, nous sortions en bateau, passions des journées en mer. J'ignorais, en longeant la petite rue à sens unique qui file de la citadelle aux Graniers, que s'y trouvait l'atelier de Paul Signac, que sous son impulsion était né un village des peintres, aussi marquant que l'école de Barbizon, emportés par les nuances et les points de vue qui m'avaient bercée. Tout ça, il a fallu que j'y vienne seule.

Je me souviens de moi, à dix-huit ans et après, essoufflée en lisant. C'était donc ça un choc ? Au-delà du style, cette sensation face à la phrase qui court de ces mots partis de la vraie vie, passés par un tuyau qui la transformait en mieux et la faisait couler sur la page. Cette peur alors, de poursuivre la lecture quand une façon de décrire un paysage, de dire un sentiment, semblait tout droit sortie de mon cerveau. J'avais tant de fois été surprise que le monde se presse de visiter un cimetière que nous passions notre temps à contourner. Françoise Sagan avait écrit dessus pour me donner des réponses : « Tout le monde veut [y] être enfoui un jour, pour voir passer les bateaux et pour que le soleil y chauffe ses os disjoints. » J'avais entendu chaque été de ma vie que cette presqu'île n'avait plus le goût d'hier, que son temps était terminé, révolu. Elle le pensait déjà en 1954, le publiait en 1984 : « Il n'y eut qu'une année qui parut normale à mes amis et à moi-même dans la maison de la Ponche : celle où Saint-Tropez nous appartint (bien entendu), celle où nous fûmes seuls à user et abuser de la mer, de son sable, de sa solitude et de sa beauté. »

C'était donc ça son métier, observer, ressentir, et être tellement juste qu'après elle les autres seraient en retard ? Que dire alors de « Sur l'eau » où, au XIXe siècle, l'auteur de *Bel-Ami* disait mieux que personne ce que j'avais vu cent fois par ma fenêtre les jours de mistral, le ciel qui se dégage et les montagnes au loin : « Maintenant, toute la chaîne des Alpes apparaît, vague monstrueuse qui menace la mer, vague de granit couronnée de neige dont tous les sommets pointus semblent des jaillissements d'écume immobile et figée. » Il n'y a qu'en en ayant une fine connaissance que l'on dompte ce que l'on voudrait écarter. Des gens de lettres, respectés, respectables, avaient aimé Saint-Tropez. Ils me disaient qu'on pouvait avoir une vie douce, au bord de la mer, ne pas avoir trop de difficultés dans la vie et entendre le monde quand même. Je pensais qu'il fallait avoir souffert, forcément, pour être bon. Qu'on ne pouvait rien sortir de soi sans qu'un grand malheur s'en soit mêlé. J'avais eu honte de cet endroit qui m'avait peut-être donné l'envie d'écrire.

Je n'ai pas eu le temps d'entendre clairement sa réaction. Au moment de ce qui constituait pour moi presque une révélation, le mouvement a repris. Le cameraman et mon ancienne camarade avaient des images à tourner avant de rentrer. Au lieu de remplir mes cartons, je choisis de suivre la foule d'inconnus, d'arpenter le village avec eux. En avais-je vraiment envie ou cela me permettait-il simplement de me détourner de mon devoir ? De créer de manière concrète et dans mon corps cette douleur, quand je n'aurais plus le temps de rien empaqueter, quand je serais en retard, au pied du mur, cette sensation qui me compresserait la poitrine. Le tout se mélangerait et me laisserait exsangue. Au fond, c'est ce que je mériterais.

J'aurais dû voir que, chaque fois que je m'en échappais, Saint-Tropez revenait. Le jour de la publication de mon deuxième livre, par le hasard du calendrier, sortait, dans la maison qui m'éditait, un autre roman qui traitait d'univers proches – le cinéma, la célébrité, un destin hors norme et la vie qui s'étiole. Les journalistes et responsables d'événements littéraires avaient facilement emprunté le raccourci de les rapprocher. Avec l'auteur, nous avions pris des trains qui nous emmenaient vers des dédicaces. Ensemble, nous avions occupé des émissions de radio, et même des bouts de critiques. Jamais, pas même ce fameux soir où nous nous sommes retrouvés dans la salle de restaurant d'une auberge où dix personnes à peine étaient venues nous écouter, je ne lui avais précisé que ce réalisateur auquel il avait consacré plusieurs mois, peut-être même des nuits entières à buter sur un mot, ne m'était pas étranger. L'état flottant entre la résignation et l'espoir que notre prochaine virée de promotion se passerait mieux aurait pu me pousser à la confidence. Mais qu'avais-je à dire d'aussi inintéressant que « ma famille a une maison pile là où il a tourné ce film qui l'a rendu célèbre » ? Je savais le scandale qu'il avait fait à sa sortie, le succès qu'il avait rencontré en salles et même les histoires personnelles qui s'y étaient jouées puisque l'actrice principale et son metteur en scène étaient mariés au moment du tournage et qu'elle s'était enfuie avec le comédien. Jamais, réalisai-je alors, dans le salon qui surplombait la plage où beaucoup de scènes avaient été tournées, nous n'avions projeté *Et Dieu... créa la femme*. Même pas un soir d'ennui, même pas pour nous conforter de cette proximité cinématographique que l'on ressent quand on reconnaît un décor. Était-ce la peine de s'en vanter ? En passant la porte de ma chambre d'hôtel cette nuit-là, j'avais ouvert mon ordinateur portable et lancé le film.

Bien sûr, je voyais la démarche lascive, les cheveux à la diable, la sensualité de Bardot dans tous les plans et pourtant j'avais du mal à m'attacher à cette Juliette qu'elle interprétait. Je trouvais le scénario maigre, banal et un peu caricatural d'une femme si belle prise entre tant d'hommes qui veulent la posséder comme un objet sublime. Cela devait tenir à l'époque, à laquelle on ne dépeignait pas, au cinéma, les rapports de pouvoir comme on le ferait aujourd'hui. Pour le reste, que retenir d'un film que je regardais uniquement pour m'en débarrasser ? D'un côté, deux frères avaient hérité d'un carénage de bateau censé se trouver à mes pieds mais dont je pouvais dire en un clin d'œil que les images avaient été tournées ailleurs. De l'autre, un promoteur et directeur de boîte de nuit voulait le leur racheter pour y bâtir un casino. Dans ce triangle masculin, cette jeune blonde à l'amour indécis dansant comme une déesse jouait les intermédiaires. Je me redressai. L'histoire de propriété qui se jouait là éveillait mon intérêt. Les mots sortis de la bouche ourlée de Juliette me parvenaient, enfin.

Pour justifier auprès de l'investisseur la résistance des deux frères à ses propositions d'acheter tout ce qu'ils possédaient, la jeune femme répliquait : Tant qu'ils auront quelque chose à eux, ils n'auront pas l'impression d'être pauvres. Elle disait ça l'air de rien, sans y avoir pensé plus qu'au titre qu'elle s'apprêtait à choisir devant le juke-box. Cinq secondes sur une heure trente-cinq de long-métrage. Et pour toujours la seule réplique que je retiendrais. Sur la toute dernière image du film, celle du générique, la maison, notre maison, apparaissait barrée du mot « fin ». J'ai mis sur pause et laissé ce plan s'étaler en plein écran. En 1956, le troisième étage n'était pas construit.

Des pans entiers de vie tiennent à un petit morceau de ferraille. Il est des couples qui se quittent sur une simple histoire de clé. L'objet ayant été remis trop tard selon l'un. À la date parfaitement adéquate selon l'autre. Avant, il aurait été trop tôt, justement. Parfois, la situation est rattrapée de justesse. Et un jour, tous les deux se quittent, des mois, des années après, et ce même minuscule objet revient au cœur des débats. Il faut se le rendre ou carrément changer la serrure puisque personne à ce stade n'exclut la possibilité d'être dramatique. Si l'on choisit d'être raisonnable, le fait-on en mains propres pour se voir une dernière fois ou dans la boîte aux lettres pour éviter le moindre contact ? Dans ce dernier cas, le destinataire est-il en possession de l'autre clé, justement, celle pour relever le courrier ? C'est sans fin.

Dans cette maison, la clé n'a pas fait exception. Il y en a toujours eu une dans la gouttière qui jouxtait la grande porte d'entrée du rez-de-chaussée. On la glissait dedans quand on ne partait pas en même temps, que certains allaient au café, d'autres au marché et qu'on se donnait rendez-vous ici pour se retrouver. Elle servait aussi quand on allait se baigner sans poche, sûr de la retrouver et de ne pas l'égarer sur la jetée. Une autre aussi, toujours, à la réception de l'hôtel, glissée dans une enveloppe au nom de la famille. Pour les imprévus, les fois où on l'oubliait à l'intérieur, où l'on arrivait tard dans la nuit quand les autres dormaient déjà. De clé, on en a toujours manqué. Elle était *compliquée à faire refaire* et la serrure, semble-t-il, inamovible. Jamais on n'envisagea de la changer pour plus de jeux disponibles et une vie plus simple. Puis, quand sont venus les verrous à tous les étages, la gouttière n'existait plus et la grande enveloppe s'est divisée en deux à la réception de l'hôtel. En cas d'urgence se trouvait celle au nom de mon père, une autre au nom de sa sœur. Le réceptionniste, qui était le même depuis longtemps et tenait ici un rôle immense – délivrer des clés à des gens qui eux-mêmes ne se les remettaient pas solennellement –, avait enregistré sans commentaire cette soudaine division. N'étant jamais entré dans la maison, que pouvait-il en imaginer ? Ces deux enveloppes désormais en main, visualisait-il des cloisons montées à l'intérieur d'un bâtiment qui paraissait unique ? On aurait pu le lui faire visiter en tant que détenteur des secrets. En effet, des deux côtés, personne d'autre que lui ne saurait jamais vraiment si les clés étaient utilisées en dehors de l'intervention d'un électricien, d'une réparation de fuite d'eau ou toute autre « cas d'urgence ». On ne demandait pas si elles avaient permis de multiplier les lits quand trop de monde restait dormir, que l'espace manquait et qu'on savait que l'autre partie n'était pas là. J'ai été tentée mille fois, lorsqu'il me manquait du sel, une ampoule ou juste le fait de prendre l'air sur la terrasse condamnée, d'aller emprunter celle de ma tante. Il aurait fallu que je lui demande la permission, que je l'informe, et je ne m'étais pas faite à ce statut d'invitée. Je n'ai jamais cédé.

Ce soir, sous l'effet du « c'est maintenant ou jamais », je sors, longe le pâté de maisons jusqu'à l'hôtel, me poste devant le comptoir et actionne la sonnette. La radio est allumée, mon reflet m'apparaît dans le miroir du fond. J'ai sur le visage l'air qu'on a quand on sort de nuit acheter des cigarettes. On avait arrêté, on s'était battu, félicité, encouragé, on devrait dormir et on se retrouve là, au croisement de deux boulevards, à moitié habillé puisque tiré du lit, en manque et sans aucune volonté. On voudrait ne croiser personne, personne qui puisse voir la honte qui nous déforme les traits juste avant d'actionner le briquet et d'aspirer sans rien recracher tellement ça fait longtemps, tellement c'est bon. Le réceptionniste surgit sur un fond de jazz. Je brûle de lui demander s'il fume, si lui aussi n'écoute TSF que lorsqu'il s'ennuie, ou s'il le voit. Oui, s'il le voit, mon air fugitif au milieu de la figure. Je me contente de dire que je viens récupérer les clés de ma tante. Je dis « ma tante » avant même de décliner son nom comme si l'expression de ce lien familial faisait instantanément disparaître le moindre soupçon. Comme s'il n'était pas tard et que le veilleur de nuit n'allait pas arriver d'une minute à l'autre, comme s'il n'y avait rien d'étrange à ce que visiblement sur le point de dormir je réalise soudain que j'avais besoin de ce trousseau. Il le sort de l'enveloppe, le pose sur le comptoir et me souhaite une bonne nuit. Ces mots sont sans doute réglés sur le mouvement de son bras qui remet les clés aux clients qui patientent. Il n'attend rien de moi. Les baies coulissantes s'ouvrent quand je précise pourtant : Je les rapporterai demain.

Mon cœur a commencé à battre plus fort dès le rez-de-chaussée. Si j'en doutais encore, sous ma poitrine, une partie de moi au moins savait que je n'allais pas renoncer. J'ai monté les marches deux par deux comme si la vigie de l'honneur qui guette chacun de nous dans ses plus petites bassesses ne pouvait détecter les mouvements au-delà d'une certaine vitesse. De la même manière, je n'ai pas hésité à tourner la clé vite et fort, pas joué le silence. Au contraire, j'ai rendu mon corps plus lourd, mes mouvements patauds. Je me suis râclé la gorge avant d'entrer pour montrer que je n'avais rien à cacher. J'ai parlé à haute voix, seule, comme on le fait quand on a peur en entendant des bruits la nuit au lieu de dire : « Il y a quelqu'un ? » Je tenais là la preuve que je ne dissimulais pas ma présence si on me découvrait. Il n'y avait aucune chance : les volets étaient fermés, les lumières éteintes, c'est bien pour ça que j'étais là. Machinalement, ma main a actionné l'interrupteur sur la droite, en se glissant sous le fil de l'interphone sans décrocher le combiné. Sans que j'en aie conscience, je n'avais pas oublié le geste qu'il fallait dessiner pour ne pas le faire tomber.

Dans l'entrée, le sol n'était plus le même. L'odeur de jonc de mer envahissait la pièce, qui paraissait plus petite qu'avant. Une paroi en bois, ajourée comme des persiennes, se dressait face à la porte. Était-ce un placard immense ? Une cloison ? Je regardai mieux. Deux portes se dessinaient dedans, menant aux deux chambres qui se trouvaient auparavant derrière deux ouvertures plus classiques. Elles étaient désormais peintes chacune d'une couleur différente. Aubergine et bordeaux. Des tons chauds, pas vraiment estivaux mais très élégants. La salle de bains qui se trouvait au milieu des deux avait été cassée. La baignoire avait disparu. La douche était plus écologique bien sûr mais avait surtout permis de créer deux espaces au lieu d'un. J'eus un frisson en imaginant qu'à l'autre extrémité de l'étage, dans la salle de bains qui avait été celle de ma grand-mère, je n'allais pas trouver la baignoire seventies moulée dans de la faïence bleu marine, sans pommeau mais avec un seul grand déversoir pour la remplir, ce que tout le monde trouvait étrange et le contraire de pratique, sauf elle qui ne se lavait jamais les cheveux elle-même et adorait les bains.

L'accès à ce qu'elle appelait son espace n'avait pas changé. Après sa disparition, la chambre de ma grand-mère est longtemps restée vide, devenue cette pièce fantôme au milieu de laquelle trônait un grand lit à colonnes sculptées, très haut, qui mangeait tout l'espace. Peut-être que, si je le voyais aujourd'hui, je le trouverais minuscule. Je garde le souvenir – certainement tout aussi déformé – de cet endroit comme d'un antre sombre et condamné, au sens où l'on n'y entrait plus. Ou alors très rarement, lorsqu'un ami de ma tante s'y installait, disposant, à côté de cette estrade désormais dénuée de vedette, un petit bureau dont je ne sais ni d'où il venait ni ce qu'il est devenu. Cette chambre n'étant occupée par personne, il pouvait y trouver le calme qu'il cherchait. Par cette dérogation et sa grâce – les deux n'appartenant qu'à lui – la lumière était à nouveau entrée ici. Je la voyais passer sous la porte fermée. C'était une ligne, droite comme l'espoir. Derrière, je le savais, il restait assis des heures, des journées entières, face à la mer. J'avais pour consigne de ne pas le déranger, mais puisque cette interdiction renforçait de manière assez banale mon envie de lui rendre visite, tout prétexte était bon. Sur une assiette tremblante, je lui apportais une pomme, plus tard une tasse de thé. Je grattais à la porte jusqu'à ce qu'il vienne m'ouvrir. Derrière lui, le ciel entrait alors plus que jamais, comme s'il avait abattu une cloison ou tiré d'un coup sec un drap plein de poussière qui, jusque-là, recouvrait tout comme une chape. Dans ces moments-là, je ne m'éternisais pas, je déposais la collation et repartais. Mes questions restaient dans les poches des ensembles assortis, préparés par ma mère avec encore plus de soin que d'habitude, pour mes séjours ici. Sous le chemisier à motif Liberty, il y avait une enfant qui ne comprenait pas. Alors que j'étais la première réveillée, je trouvais dans la cuisine la tasse dans laquelle il avait déjà bu un café, signe qu'il était levé, mais pourquoi ne remontait-il jamais de toute la matinée en partager un avec nous ? Pourquoi personne n'était jamais sûr qu'il prendrait son repas à nos côtés ? On dressait son couvert et on le laissait jusqu'à la dernière minute. À l'heure dite, un des adultes descendait, tapait à sa porte et demandait « Tu déjeunes aujourd'hui ? » comme si c'était une question. Pourquoi ne venait-il pas non plus à la plage quand nous nous entassions à l'arrière de la Mini Moke pour un bain à cette heure qui était la meilleure et faisait briller le sable comme de l'argent ? Mais il y avait un mystère plus grand encore, et qui restait pour moi le plus entier : quand nous rentrions le soir, la peau mordue par le soleil, les cheveux pleins de sel, objectivement plus beaux que le matin même, il n'avait pas l'air de souffrir d'avoir raté ce dont je me languissais toute l'année. Que pouvait-il attendre alors ? En nous entendant, il sortait de son bureau, en profitait pour « prendre une pause » et nous faisait raconter. Il semblait sincèrement heureux et loin de ressentir le moindre regret de ne pas nous avoir accompagnés. L'accomplissement de sa tâche le remplissait d'une promesse plus pérenne que nos ébats de bord de mer. Un jour, pourtant, la veille de son départ, il est monté dans la voiture dans laquelle l'air chaud s'engouffrait à travers les bâches qui claquaient, et a disposé comme nous tous sa serviette à l'ombre des canisses où nous avions nos habitudes. Ce bouleversement géographique ouvrait une brèche que je ne laissai pas passer. Il regardait l'horizon en cherchant une réponse, je posai une question :

– Pourquoi tu ne sors jamais ?

– Oh j'aimerais bien, mais tu sais je travaille.

– Mais là c'est les vacances. Quand les autres travaillent, tu es en vacances alors ?

– Ah ! J'aimerais bien. Mais regarde tu vois, mon métier je peux le faire n'importe où. D'un bel endroit comme ici, c'est déjà pas mal.

– Oui c'est vrai mais tu écris toute la journée. Tu pourrais aller te baigner parfois...

– J'aimerais bien ça aussi mais en fait, je n'y arrive pas. Tu as déjà vu une montgolfière s'envoler ?

– Oui, je crois.

Il s'est mis à m'expliquer qu'avant de faire décoller une montgolfière, il fallait d'abord trouver un endroit approprié. Un terrain plutôt enherbé, sans obstacle dans le pré. Sans barrière, ni poteau, ni ligne électrique. Et de préférence à l'abri du vent. Ensuite, il fallait disposer tout son matériel sur le sol comme il le faisait avec son ordinateur, du papier, son stylo et même la pile de livres qu'il gardait à portée de main au cas où. Ce n'était pas tout. Pour la montgolfière, il fallait s'occuper du reste : fixer des brûleurs à la nacelle, les relier aux cylindres de gaz et accrocher le tout au ballon étalé sur le sol dans le sens du vent. Puis, avec de grands ventilateurs puissants, on soufflait de l'air froid dans le ballon avant d'allumer les brûleurs dont les flammes commençaient à y réchauffer l'air. Peu à peu, par un procédé chimique qui rendait l'air plus léger, le ballon se levait doucement du sol et, une fois l'air ayant atteint la bonne température, la montgolfière s'envolait. Il y avait même des heures prévues pour ça, tôt le matin ou à la nuit tombée : Tu vois, on ne peut pas faire décoller une montgolfière en deux minutes, ni à n'importe quel moment. Il faut une longue préparation pour voler à peine une heure. Parfois, toutes les conditions sont réunies et l'engin reste à terre. L'écriture c'est presque pareil. On n'arrive à rien si l'on n'est pas patient, si l'on s'y met entre deux occupations.

Combien de fois ai-je pensé à lui en m'asseyant à ma table face à la fenêtre ? Pas une seule, je ne l'ai vu autrement qu'accroché à un ballon qui traversait les airs.

À voir ses quelques affaires éparpillées, c'est dans la pièce d'à côté que ma tante a choisi de faire sa chambre. Après différents essais, changement de lit et autres évaluations de sommeil en fonction de l'orientation et de la vue, elle a dû la définir comme étant la sienne. Elle l'occupait déjà parfois par intermittence l'été, disait : « Je m'installe dans la bleue », disposant ses vêtements dans la penderie le temps des vacances. Et moi, dans le miroir collé à l'intérieur, je regardais mon reflet dans ses habits neufs, rêvant qu'à force de m'y glisser je pourrais un jour lui ressembler. Je l'ouvrais aujourd'hui en espérant y retrouver le même soin, passer ma main sur les étoffes ou les enveloppes de pressing dans un geste qui les ferait briller comme je le faisais alors en mimant les dessins animés. Les deux battants ouverts, les vêtements de marque italienne avaient disparu, les housses épaisses aussi. J'y trouvai un vestiaire impersonnel, composé comme le mien d'enseignes interchangeables qui font moins la fête. Dans les tiroirs où dans ma tête les paires de talons étaient encore alignées, pointes inclinées vers le haut reposant sur une tige en métal, se trouvaient des chaussures à lacets, des boots, des baskets, toutes d'aspect assez confortable, aucune particulièrement amusante à essayer. Je n'ai pas eu besoin d'aller voir la baignoire pour être certaine qu'elle avait disparu. J'ai continué mon tour et pris l'escalier menant au salon puis à la terrasse. Quelques photos plus contemporaines avaient remplacé des toiles qui avaient dû lui sembler démodées. Les lasures du plafond étaient recouvertes d'une teinte légère tirant vers le mastic qui éclairait la pièce. Pas grand-chose n'avait évolué. Dans presque toutes les pièces visitées jusque-là, il y avait un placard sur lequel était posé un cadenas. J'imaginais ma tante enfermant les objets aimés, fragiles, précieux, chaque fois qu'elle désertait pour laisser des inconnus y résider à sa place. De ce que j'avais vu, il y en avait cinq en tout. Que faisait-elle des clés ? Les mettait-elle toujours au même endroit ? Les gardait-elle sur elle de peur de ne plus les trouver ? En les visualisant au fond de son porte-monnaie, j'ai été prise d'une bouffée d'affection que je n'avais pas ressentie pour elle depuis longtemps. En fait, tout ça ne lui appartenait déjà plus. Si elle avait été là, je l'aurais prise dans mes bras. L'horloge de l'entrée affichait minuit. Je ne suis pas redescendue, j'ai fermé la porte de l'intérieur et me suis glissée machinalement dans son lit comme il m'arrivait de le faire, petite, quand je ne parvenais pas à dormir. Il m'a fallu moins d'une minute pour trouver le sommeil cette fois. Sur le drap que je ramenais contre moi, le coton égyptien de mon enfance était un peu élimé.

Jour 3

Le côté sur lequel j'avais passé la nuit impeccablement refait, les cheveux retirés de l'oreiller, je suis redescendue comme j'étais montée. Sans me laisser le temps de savourer ma transgression tel un amant merveilleux que l'on quitte pour ne pas s'attacher. Je ne pensais qu'à claquer la porte et remettre cette clé où je l'avais prise.

Une douche rapide, le réceptionniste ne m'attendait toujours pas mais était là.

– Bien dormi ?

Même mouvement de bras pour récupérer la clé qui actionnait la phrase polie qui allait avec. J'avais beau jeu de me moquer de cet automatisme, je continuai de la même façon.

– Oui, c'est réparé.

Quoi je ne savais pas et il n'en demandait pas tant.

– Vous venez au pique-nique aujourd'hui ?

– Le pique-nique ?

– Oui, le pique-nique autour de la chapelle Sainte-Anne, dans les hauteurs du village. C'est le moment le plus sympa des trois jours. Mais il vous faut une touche de rouge sur vous avec ce tee-shirt blanc. C'est la règle.

Rien dans ce qu'il m'avait dit n'était une invitation mais, un foulard autour du cou, je grimpai jusqu'au fameux édifice comme si j'y avais rendez-vous. Assez tôt dans la montée, les plus paresseux s'étaient installés. Partout, de petits groupes avaient étendu des nappes, sorti des terrines, des verres. Il n'était que 11 heures et, sous les arbres, il y avait de quoi combler une horde affamée et assoiffée depuis des jours. Je sentais bien en évoluant entre les différentes bandes que je pouvais m'arrêter au milieu de n'importe laquelle, même inconnue, même seule, même en ayant fait un effort vestimentaire minimal, l'accueil serait chaleureux. Quelque chose débordait d'eux que je n'arrivais pas à identifier. Cela tenait-il aux costumes ? Les femmes assises sur leur jupon paraissaient sourire plus grand, les hommes riaient à faire bouger la boucle de leur ceinturon. Dans un coin, ils avaient posé leurs instruments de musique. La scène était si bucolique, l'enthousiasme si palpable qu'il n'aurait pas été surprenant qu'à tout moment l'une se mette à chanter, l'autre à l'accompagner. Derrière leurs apparences travesties, je reconnaissais les visages des habitants du village. Cette foule courageuse qui travaillait quand tout le monde était en vacances et avait à répondre comme à une anomalie à la question des visiteurs qui se croyaient supérieurs et se plantaient royalement : « Ça n'est pas trop dur de vivre ici *à l'année* ? »

Je continuais mon ascension jusqu'au sommet comme si mon point de chute allait m'apparaître, avec l'air d'en avoir un.

Juste avant d'arriver sur le parvis, le réceptionniste m'a fait signe de m'approcher, tendu un verre, sans dire quoi que ce soit. J'étais « une voisine », ça suffisait à me donner ma place. Assise sur une pierre, j'étais très attentive à ce qui se disait, suffisamment pour, au bout d'un moment, réaliser que je n'avais plus pensé à cette étape qui me préoccupait depuis des mois. J'étais bien, au milieu d'êtres qui, contrairement à ce que leur accoutrement très protocolaire signifiait – la séparation par l'allure des différentes classes de la société de l'époque –, n'en avaient rien à faire de savoir d'où je venais, où j'allais ni ce que je faisais de ma vie. Une fuite douce. J'écoutais les récits de ces deux jours passés. Celui qui n'avait pas réussi à tirer quand il le fallait, celle qui avait cru mourir de chaud sous les trois couches de tissu. Et puis, sans que personne ne lance de signal, l'agitation a repris. Soudain, je les voyais remballer. Il fallait se tenir prêt à partir. Avais-je de bonnes chaussures ? me demanda une inconnue avec l'air le plus maternel qui soit. Les petites foules de tous âges redescendaient la colline, pressées. Arrivées sur le bitume, des files s'organisaient, les femmes calaient les fleurs au tablier noué sur leurs hanches, pour pouvoir se donner la main. Deux d'entre elles ont pris les miennes et petit à petit, accrochées les unes aux autres, nous avons constitué un même ensemble qui s'est mis en marche. Tel un serpent paresseux, une farandole s'est formée. Dans les premiers virages, ce rythme laissait l'odeur des figuiers plantés au bord du chemin me traverser. Puis, dans la descente, les jambes se sont emballées comme la fréquence cardiaque. Au milieu de ces pleins, les muscles s'échauffaient, les orteils se recroquevillaient dans les ballerines pour ne pas les laisser partir. Les plus organisées les avaient nouées autour de leurs chevilles. Je n'étais pas de celles-là. Dans les déliés, je reprenais mon souffle avant d'être tirée à nouveau dans une vitesse de feu. Depuis quand n'avais-je pas pris le risque de tomber, d'avoir le vertige, dans un manège qui allait trop vite ? Je comprenais ce débordement que j'avais ressenti un peu plus tôt : pendant quelques heures au moins tout était prétexte à toucher l'insouciance.

Le groupe redescendu au niveau de la mer, au point de départ, sur cette place où tout avait commencé les jours précédents, les mains se dénouaient alors. L'heure était venue de se quitter et bientôt de retirer les vêtements qui seraient nettoyés, mis sous housse et rangés dans un grenier, un coffre, jusqu'à l'année suivante. Une colonie sur un quai de gare. Pouvais-je encore grappiller quelques minutes à ne penser à rien ? Mes partenaires de ronde se tournaient vers moi comme si elles m'avaient entendue : Tu viens avec nous ?

La tradition voulait qu'elles apportent tous les petits bouquets dont elles disposaient au cimetière : Il faut fleurir ses tombes, me dit l'une d'elles en m'en tendant un tiré de son panier plein.

Au milieu d'elles, l'allure d'une intruse en civil, je longeais le bord de mer. Le silence était revenu, on ne se rendait pas partout en riant. Devant les grilles de l'entrée, le soleil de 13 heures tapait au-dessus de ma tête sans réchauffer mon corps qui ne comprenait pas comment il se retrouvait à cet endroit tant de fois évité. J'avais suivi le convoi, sans y penser.

À ce stade, je ne pouvais plus faire demi-tour, j'aurais dû m'expliquer et on ne déverse pas son histoire à des gens dont on ne sait rien. Au premier bruit de gravier, le groupe se dispersa, chacune allant là où elle savait. J'avançai dans une direction sans la connaître. J'avais entendu une histoire de premier rang face à la mer comme on le dit des maisons huppées, décidément, mais je n'étais pas certaine de trouver le carré. À la moitié de ce que je croyais être mon chemin, j'arrivai enfin. J'ai vu mon nom en lettres d'or sur une pierre noire, sublime, la plus haute de toutes. J'y ai découvert des palmes en laiton incrustées comme un rappel honorifique des médailles que ceux qui y reposaient avaient reçues dans leur vie. Il avait fallu que je sois entourée d'inconnues pour me rendre sur la tombe de ceux qui m'avaient conduite exactement ici. Trois cent cinquante mètres que l'on m'avait toujours évité de faire pour ne pas assister au malheur. Je regardai les dates inscrites, faisant un rapide calcul de l'âge que j'avais au moment où elles avaient été gravées. Sept ans, huit ans, vingt ans. Toute ma vie, on m'avait protégée comme une enfant, y compris lorsque je n'en étais plus une. Mes parents m'avaient mise à l'abri des drames, des enterrements. Je ne savais pas comment on mourait ni comment on survivait. Il avait fallu que j'attende la veille de ce départ définitif du village pour venir les chérir d'un maigre bouquet que je n'avais même pas acheté, leur dire par-dessus terre que je n'avais pas pu faire autrement. Y avait-il un sens désormais à ce que je sois moi un jour enterrée là ?

C'était inévitable, si j'y pense, qu'à la fin d'une telle journée le ciel soit déchaîné. Si j'aime y voir une raison plus romantique que météorologique, cette vision de brasier n'est pourtant que le résultat du mistral qui a soufflé la veille. Dans la région, c'est anodin et plus personne n'y prête attention. J'ai l'attitude des déracinés qui s'extasient béatement et veulent l'immortaliser même s'ils n'en font rien. Combien de couchers de soleil photographiés pour ne finir nulle part ? Le moment est furtif à saisir, quand on commence à l'apercevoir, on hésite, considérant que le rose et l'orange ne sont pas encore assez prononcés, pas au summum de leur beauté comme sur une toile de Félix Vallotton, et une minute après, c'est trop tard, on l'a raté. Celui-là, je descends pour le voir en géant. Quitte à ce qu'il reste dans une case de mon cerveau qui elle non plus ne sert à rien, autant qu'il soit parfait. Ça n'a duré que trois minutes, assez pour envahir tout autour. Du bout de la jetée où je me suis postée, je constate le halo qui a tout rendu plus beau. L'église du village est dans l'axe de la maison. Petites façades colorées, dégradé ocre, toitures bien rangées, clocher illuminé. On croirait un paysage de crèche provençale. Manquent un cyprès piqué ici et un miracle à célébrer là. Le tout se reflète dans la mer comme dans un miroir. Il y a deux villages, peut-être pourrais-je désormais habiter celui qui est à l'envers et n'existe pas ? Je sors mon téléphone pour faire une photo. En fin de compte, il restera ça, un cliché de carte postale dans la mémoire de mon cloud. Je zoome pour en observer les détails dont je ne me lasse pas. Les rochers au ras de l'eau comme des silhouettes animales qui patientent. Des nuages étirés comme des lignes de vie sur fond incandescent et, en redescendant de ce fuchsia inimitable, ce que je n'avais pas vu avant : au deuxième étage, les volets sont ouverts. Posée au-dessus de ma chambre j'aperçois la silhouette de ma tante qui paraît bien seule vue d'ici.

M'a-t-elle reconnue d'où elle est ou est-ce un hasard si ses mots viennent se superposer sur sa photo comme une ombre ? « Hello ! Je suis arrivée. Veux-tu monter prendre un verre ? » J'ai toujours pensé que l'utilisation du mot anglais était une façon de dire « regarde, j'arrive, cool ». Avec ça, la prise de contact est toujours désamorcée. C'est pour ça que je ne l'utilise jamais. Je n'ai pas le goût des formules utiles. Je lui préfère les mots à nu, qu'ils embrassent ou qu'ils repoussent. Venant d'elle, c'est différent, je la comprends. Nous savons toutes les deux que notre lien n'est pas si naturel qu'il a pu l'être – on partait de si fort – mais il n'y a pas eu de drame, pas de cri. Pas de division ajoutée à l'indivision. Cette maison telle qu'elle avait évolué nous avait éloignées mais aussi empêchées de nous fâcher pour de vrai. Elle était notre poison et notre salut à la fois. Qu'aurais-je pu lui dire si nous n'avions pas fait comme si de rien n'était ? Qu'au lieu de se refermer sur elle-même quand elle en a eu besoin, elle aurait pu compter sur moi ? Qu'en suivant ce qui avait été écrit noir sur blanc dans un document qui datait de vingt ans, elle n'avait pas condamné que des portes ? Qu'en faire une maison de famille, comme avant, comme toujours, aurait peut-être créé pour elle aussi un cocon ? Privée de la liberté de le faire, je n'étais plus montée et c'était tout. Elle pouvait descendre à mon niveau, elle serait la bienvenue. Bien sûr, elle l'avait remarqué. Évidemment, elle n'en avait rien dit. Nous avions tenu cette dynamique sur un fil sans aucune effusion pendant plusieurs années. Le silence m'arrangeait. C'était plus simple que de lui expliquer qu'elle m'avait abandonnée.

Comment cela se passe chez les autres ? On ne sait jamais vraiment, mais quand il m'arrive de passer, comme on m'y invite nonchalamment, une heure ou une semaine dans une maison de famille, je suis un radar à indivision. Je perçois comme un ultrason le moindre regard en biais de cette sœur qui fait comprendre qu'elle sait où sont rangés les plats car l'autre ne s'occupe de rien. J'entends, à l'autre bout de la pièce, cette si petite fille supposée candide dire à sa cousine : « De toute façon, je suis plus chez moi que toi. » Je sais lequel des trois frères a réussi dans les affaires et fait du moche à la place du beau pour marquer son territoire sous prétexte de créer du confort pour tout le monde. Et en plus, on ose le lui reprocher ? Je vois la grand-mère odieuse aux horaires compliqués qu'on supporte sans broncher parce que c'est chez elle qu'on passe presque tout l'été. Ou encore l'absence du fils qui ne vient jamais car il a passé l'âge de plier. Comment cela se passe chez les autres ? Je ne le sais pas mieux grâce à eux, mais je constate que presque tous ces lieux sont comme des réceptacles de ce qui n'est pas dit et ne le sera peut-être jamais. Je sais que de l'autre côté de mon ascendance, on n'aurait pas agi de la même façon avec une grande maison partagée. La mère de ma mère disait : « Le bon Dieu envoie des bonnets à ceux qui n'ont pas de tête. » Cela signifiait que les gâtés de la terre n'étaient pas forcément ceux qui le méritaient. Aussi, surtout, ceux qui, dans des situations similaires, s'en seraient le mieux sortis n'avaient pas forcément de quoi se poser la question. Je sais que mes parents, qui se sont séparés peu de temps après m'avoir eue parce qu'ils ne pouvaient pas vivre ensemble, alors devenus amis pour la vie, étaient d'accord pour glisser sur tout ce qui n'avait aucune gravité en me soufflant : « Laisse tomber. » Pourquoi étais-je née avec le gène du compliqué ? Il était peut-être encore temps d'effectuer une transformation. J'ai répondu en retour : « Hello ! Avec joie. Un coup de fil à passer et je viens. »

Je n'ai pas eu de mal à jouer l'air de la surprise devant les nouveautés vues la veille. Mon filtre nostalgique en démarrage automatique présente cet avantage. Je m'extasiai avec facilité devant les couleurs des chambres, les parois de bois. Cette odeur c'était l'Indonésie non ? Je dosais l'enthousiasme pour ne pas susciter le soupçon. Ma visite du jour d'avant m'avait rendue plus indulgente et avenante. Sans doute comme une mère qui a lu le carnet secret de sa fille préadolescente supporte davantage son caractère. Entrée dans son intimité, sans elle, je la comprenais mieux.

En prenant place dans le canapé du salon, je constatai un détail qui m'avait échappé. Comme en bas, les photos en noir et blanc étaient accrochées un peu partout. Il n'y en avait plus aucune du duo qu'elle avait formé avec son ex-mari. Ce couple, c'est le premier qu'il m'avait été donné à voir de près. N'ayant pas de souvenir de celui de mes parents et pas encore de ceux qu'ils allaient reformer, il est longtemps demeuré dans mon imaginaire un exemple de ce qu'était la vie à deux. La rencontre de Richard Gere et Romy Schneider qui n'auraient pas eu d'enfant parce qu'ils s'aimaient trop pour partager cet amour avec un troisième être. Ils le disaient sans provocation et guettaient les réactions sans se lâcher du regard. Personne n'osait alors demander même sur un ton de plaisanterie si ce n'était pas une forme d'égoïsme. J'ai parfois pris la place de cet être qui aurait pu se glisser dans un interstice de leur vie. C'était pratique : j'étais éduquée, et très bien, je pouvais être exactement celle qu'ils souhaitaient que je sois puisque c'était pour un court moment. Sur le siège arrière de la voiture, j'adorais écouter avec eux, le dimanche soir, une émission de radio quand nous rentrions de Saint-Tropez. Elle n'aimait pas quand elle était consacrée au théâtre (un soir par mois), râlait un peu, mais ils ne manquaient pas le rituel. Est-ce lui qui l'avait instauré au départ ? Elle qui l'écoutait avant de le rencontrer ? À force de coexister, on ne sait plus qui a apporté quoi. Il est bien légitime qu'au moment de se séparer, quand il faut reprendre ses billes et tourner les talons, certains êtres se demandent *quelles billes exactement*. Ils étaient un exemple de cette entité molle où les goûts de l'un sont imbriqués dans la matière de l'autre. Ainsi, quand l'émission était terminée et que le silence se faisait, ils produisaient un son identique, sorte de bourdonnement échappé de leur bouche fermée. Auraient-ils été capables de dire qui avait contaminé l'autre avec son tic ? Un jour, le bourdonnement a cessé, lui est parti sans que j'en comprenne bien les raisons. Peu de temps après, j'ai appris par mon père qu'il avait eu un enfant. Est-ce que cela voulait dire que cette nouvelle femme avec qui il vivait il ne l'aimait pas assez ?

C'est à peu près à cette période que le verrou a été posé et, en me retournant sur ces années, je ne peux pas vraiment lui en vouloir. Les photos restantes la montrent entourée de tous ces êtres qui ne sont plus. Ses grands-parents dont elle était la préférée. Ses parents au milieu desquels elle pose. Combien de photos comme celles-là, en noir et blanc, prises par des professionnels, dans des restaurants, sur des plages et vendues hors de prix, parcourent sa vie de fille, de femme ? Ses souvenirs ici sont plus nombreux encore que les miens. Ne me serais-je pas aussi barricadée, portes et fenêtres fermées, pour que ces pans de mémoire cessent de filer ? Pour retenir, retenir encore, entre les murs, dans des tiroirs, des miettes de ce passé rêvé.

Après sa mère et son père, son mari était parti. Elle n'avait jamais été ce qu'on appelle férocement une femme entretenue mais une petite fille gâtée dont le fiancé qui en avait les moyens avait pris le relais, oui. Jamais entre eux il n'avait été envisagé qu'elle arrête de travailler ; mais que son salaire devienne, à force, son argent de poche, si ça ne se disait pas, c'était une évidence. Divorcée, la source se tarissait. Elle avait beau se tourner dans tous les sens, il n'y avait plus personne au-dessus ni à côté d'elle pour venir à son secours, *si jamais.* Elle était seule au sommet de cette pyramide en forme de terrasse. Qu'aurais-je fait à sa place ? Peut-être aurais-je protégé comme une lionne ce que j'avais ? Un jour, je l'ai entendue répondre à un voisin qui lui faisait remarquer sa chance : « Cette maison c'est tout ce qu'il me reste. » Une balle dans le tympan m'aurait fait le même effet. Pour la garder, il fallait la louer. Pour la louer, il fallait l'entretenir. Elle s'y était accrochée jusqu'au bout. J'avais fait pareil pendant un an, et nous avions fini par décider ensemble que l'on ne pouvait plus. Dans notre chute, nous étions réunies. Si l'on se retournait sur la majeure partie de nos vies, nous ne savions que très peu ce qu'était la peur de manquer.

Les meubles peuvent changer, la disposition du salon aussi mais certaines choses – comme la cachette des cigarettes – sont immuables. Dans la boîte en loupe de noyer que mon père menaçait de refermer sur mes doigts d'adolescente quand je voulais essayer, il restait un fond de paquet à côté d'un cigare sec. La fumée de ma cigarette se perd dans le noir. Derrière la baie vitrée, je vois ma tante faire des piles, commencer à décrocher les tableaux. Certains laissent des marques. Elle a aussi peu avancé que moi. Un refus d'obstacle à tous les étages.

Aurions-nous réagi différemment si nous avions été des hommes ? Posé moins de verrous et eu un moindre besoin de prendre possession de notre territoire ? Quel lien entretiennent propriété et féminité ? Dans l'obscurité me revient une histoire qui raconte qu'existe bien une distinction. Au cours d'un voyage de presse, privilège qu'on ne réduisait pas encore, j'étais restée quatre jours à Corfou. Mes interviews regroupées en une seule journée, j'avais passé les deux suivantes à me sentir, comme chaque fois que je me retrouvais seule dans une ville inconnue, plus libre, plus curieuse, comme agrandie par ce qui était devant moi. La solitude pensais-je alors était la meilleure façon de voyager. Je le disais à qui voulait l'entendre et ç'aurait pu être un signe avant-coureur de ce qui allait suivre. Le lendemain, dans un évanouissement total de cet enthousiasme, je m'ennuyais et constatais qu'un état solitaire, vénéré la veille, pouvait très vite devenir subi. Souffrant d'un manque de conversation, j'avais décidé de prendre un guide pour la journée. Après avoir épuisé le centre historique que j'avais déjà pas mal arpenté, l'homme m'avait fait monter dans sa voiture. Je n'allais pas repartir sans m'être baignée, quand même ? Je pressentais que c'était hors protocole et que ce serait forcément ce qu'il me resterait de ce voyage. Il m'emmena dans une crique aux pins vert fluo qui plongent dans la mer et, en chemin, me détailla tout le paysage. Longtemps, ici, les terres que l'on pouvait cultiver étaient transmises aux fils. Elles avaient de la valeur, on pouvait en faire quelque chose, de la pâture, des plantations et peut-être même une fortune. Les terrains escarpés, arides, qui se poursuivaient vers la mer, à l'inverse, n'avaient rien de fertile. Le soleil y était écrasant, le vent séchait tout ce qu'on y entreposait, on ne pouvait rien y planter. Ces zones-là revenaient aux filles, qui en feraient ce qu'elles voulaient. C'est-à-dire pas grand-chose. Les siècles passant, le tourisme aidant, c'est pourtant vers elles, entre les années 1970 et 1980, que se tournait le monde. Le bord de mer désert, on pouvait y construire des villages entiers, des maisons exceptionnelles suspendues au-dessus du rivage. La construction immobilière avait un rendement bien meilleur que des champs de kumquats et d'oliviers. Les sœurs étaient devenues plus riches que leurs frères et, dans ce système patriarcal méditerranéen, cela faisait mauvais genre. Des lignées entières prenaient le pouvoir par la simple conscience de ce qu'elles possédaient. Ce bout de terre où elles venaient jusqu'ici le dimanche allonger un drap, retirer leur tunique et se faire bronzer seins nus avait une valeur folle et n'était plus un cadeau. L'équilibre dans les familles en avait été bouleversé. À partir de leur nouvelle place, les filles y seraient détestables ou admirables selon l'écosystème. En une génération, tout avait bougé.

J'avais appris plus tard que le même phénomène s'était produit en Corse, en Crète et dans la plupart des îles de la Méditerranée. Combien de femmes ne s'allongeaient plus sur leur drap le dimanche en prenant le soleil de face parce qu'elles n'avaient pas pu renoncer à ce que cette terre qu'elles avaient bénie, aimée, dont elles avaient profité comme d'un jardin secret pouvait leur rapporter ? Battaient-elles d'un seul cœur rempli de honte et d'excitation ? En serrant très fort le frein à main, signe que l'on était arrivé, le guide me précisa qu'à cette époque il fut donc décidé que la tradition de la répartition des terres ne serait plus appliquée sous cette forme. Les hommes aussi avaient désormais droit à leur part du gâteau. Mais cela avait mis plusieurs années à *revenir à la normale*.

Dans les papiers que j'ai dû signer il y a trois mois, au moment de la promesse, j'ai remonté l'historique et découvert le prénom de celle qui ne pouvait imaginer la valeur que prendrait ce qu'elle possédait alors. Le 5 mai 1938, Jeanne, mademoiselle Lavit, profession : tailleuse, vendait sa maison à mon arrière-grand-père, ce notable dont on ne jugeait pas nécessaire de préciser le métier. Il était un père de famille de quarante-deux ans. Ils avaient cinq ans d'écart. Il était marié, elle était « célibataire » selon l'administration et à son âge à cette époque c'était sûrement une anomalie. Que se sont-ils dit, ce jour-là, dans l'étude notariale ? Se sont-ils remerciés, serré la main, juré de partager un verre dans la maison qui n'était plus chez elle, pas complètement chez lui, sachant pertinemment qu'ils ne le feraient pas ? Lui a-t-elle expliqué les raisons de sa décision ? Lui a-t-il confié ce que ça lui faisait de s'offrir cet endroit en ayant été élevé loin de l'idée que ça lui arriverait un jour ? J'ai longtemps lu et relu ces quelques lignes, comme s'il allait en sortir quelque chose. Je connais par cœur le numéro et le volume de la publication au bureau des hypothèques. Je sais la date où l'hypothèque a été levée et l'adresse de ce cher maître Octave Mouren devant lequel tout a été authentiquement signé. Je n'ai rien tiré de plus de cette analyse frénétique. Si ce n'est que deux successions plus tard, personne n'avait plus les moyens de garder ce bien.

Il n'y a pas si longtemps à l'échelle de ces générations, personne n'en voulait. Des Russes venus visiter la maison pour la louer lui avaient préféré une villa dans un parc sécurisé. Je me souviens de l'agent immobilier qui avait téléphoné après, déplorant l'absence de piscine, et de ma tante qui ne comprenait pas, tendait le bras vers la mer et disait au téléphone : Mais elle est là, devant.

Ces dix dernières années, l'attraction avait évolué. Ce qui fait le caractère aujourd'hui n'a rien à voir avec hier. Désormais tout ce qu'on touche doit être authentique. De la tomate à la sandale de cuir. La vieille maison de pêcheurs, si rare et si centrale, entrait tout de suite dans la catégorie du désir. Plusieurs entrepreneurs, aussi, ont tenté des approches. Tous voulaient en faire un hôtel. Les propositions étaient alléchantes mais mon père et ma tante n'ont osé dire oui, sans doute pour ne pas enterrer les morts une deuxième fois. Au fil du temps, sans changer d'emplacement ni de superficie, c'est comme si la maison avait grossi, grossi, jusqu'à devenir énorme. Comme si elle avait pris de plus en plus de place dans un espace de plus en plus réduit.

Jour 4

À force, c'est devenu une hygiène de vie. Avant chaque échéance compliquée, il faut que je m'épuise. La course me permet de chasser les esprits. Le cœur dans les tempes, le souffle court me préparent pour la journée. Ce corps tendu, au moins, je le maîtrise. Le reste suivra. Comme chaque fois, avant de partir, j'ai jeté un coup d'œil dans le miroir doré de l'entrée. L'équipement était implacable. Tout était prolongement de mon anatomie. Le téléphone accroché au bras droit, les écouteurs comme aimantés aux oreilles, les clés de la maison dans la poche arrière de mon short. Je me regardais sans vraiment me voir. Uniquement les contours, pas de débordement. Si c'était le contraire, je redoublerais d'efforts. Je démarrai ma playlist. Un pas, puis deux. Sans réfléchir. Les endorphines rythmées me guidaient, mes muscles se contractaient. Dans ma tête, je me lançais des défis. Jusqu'au phare. Jusqu'à la pointe. Jusqu'au goudron. Avec une récompense à la fin. Il paraît que les adolescents débloquent des vies comme ça dans les jeux vidéo. Je me pousse dans le réel en essayant d'atteindre des objectifs afin que mes vœux se réalisent. Ici j'ai souvent pris les terrains de tennis de la pointe de la Moutte comme but. Mais ce matin, je les ai atteints sans y avoir pensé. Je les découvrais peu glorieux, délavés par les années. Le filet était relâché au milieu, un ventre mou, et le banc arraché. Ne demeurait que la trace des pieds au sol, quatre trous dans la gomme. J'ai fait demi-tour. Dans ce sens, mon temps était toujours meilleur qu'à l'aller. Presque arrivée au pied de la maison, je jetai un coup d'œil à l'heure. Il me restait quelques affaires à rassembler, le timing était serré. Je n'avais pas le temps de tout faire : remonter chercher mon maillot, me baigner et ne pas être en retard au rendez-vous. À peine le temps d'y réfléchir : je plongeai dans l'eau tout habillée. Les poches de mes vêtements se remplissaient d'eau, remontaient à la surface. Allongée sur le dos, visage vers le ciel, mon corps entier dégageait des nuages de vapeur expulsés à la cadence de mon rythme cardiaque. J'étais l'unique point de contact entre deux éléments frais à cette heure, l'air et la mer. Une bûche en feu à fleur d'eau. Remontant mon bassin, tendant bien les jambes, je me fis aussi droite qu'elle. J'écartai les bras pour bien prendre la mesure de ma prouesse. Je ne parvenais pas toujours à atteindre cet état sans agitation, qui me permettait de flotter. Dans mon dos, mes muscles s'attendrissaient, l'espace paraissait se créer entre chacune de mes vertèbres. Je faisais la planche et j'y prenais un plaisir inouï. J'étais prête : après ça, je pouvais tout traverser.

Il doit bien y avoir sur cette terre des gens qui vivent au son des clochers, sans autre rythme que celui donné depuis la place d'un village, un carillon d'altitude. Ne sont-ils pas fascinants ? Les rares fois où j'essaie de ne me fier qu'à ces sonneries, je regarde l'heure toutes les cinq minutes. Le détachement a cet effet sur moi. L'église sonnait 10 heures et je claquai la porte. J'allais avoir un peu de retard. À la fenêtre, mon père me faisait un signe de la main. Le pas pressé, je refaisais l'inventaire de tout ce que je devais apporter. Carte d'identité, livret de famille. Tout était là. Aucune pièce manquante, est-ce à dire que j'avais accepté ? Alors que j'entrais dans l'étude, la secrétaire me regarda en fronçant les sourcils. J'avais rendez-vous dans une heure.

Est-ce que je voulais revenir ou attendre ? Je vais rester ici, merci.

Avec un peu de chance, Rodolphe arriverait en avance. Qui aurait pu prévoir que je le guetterais un jour dans une telle salle d'attente ? Tout était allé très vite depuis que nous nous étions revus. Douze mois à peine. Dans le miroir du fond d'un bar, je l'avais aperçu, il s'était approché. C'était la première fois en dix ans. On ne s'était jamais recroisés. Même pas aux enterrements, même pas aux mariages qui commençaient à former autour de nous un cercle prêt à se refermer. La mâchoire d'un piège pas désagréable mais pas encore le nôtre. La rupture, la distance géographique, c'est ça que ça faisait. Les gens disparaissaient et, un jour, dans l'étendue d'un grand magasin, là derrière les pulls chinés, ou de dos au fond d'une salle de restaurant, on réalisait qu'ils étaient vivants. Plus tard, il m'a raconté ce que ça lui avait fait : un coup de poing sous la poitrine. À moins que ça n'ait été un pincement très fort sur le bras. Dans le prolongement de l'épaule, la partie bombée où il y a un léger duvet enfant puis, plus tard, des débuts de muscles travaillés à la salle. Oui, ça lui avait fait mal là. Tout ce temps, j'avais disparu de son paysage mental. Il avait réussi à m'éviter sur les réseaux sociaux : je n'apparaissais jamais dans son « fil ». Un miracle à l'heure où l'on peut bien essayer de se séparer, numériquement ça ne marche jamais. De mon côté, je pensais rarement à lui. Et toujours dans le même contexte : quand le parfum qu'il portait à l'époque arrivait jusqu'à moi. Le savait-il seulement, du fin fond de Singapour, que son eau de toilette était, à Paris, la préférée des chauffeurs VTC ? Ces jeunes hommes de la troisième génération d'immigrés qui partageaient leur voiture, leur costume, vivaient en banlieue, aspiraient à des vacances sur une plage de Phuket et s'aspergeaient de Dior Homme. Tout se démocratisait, oui. Nos souvenirs, eux, stationnaient alors au coin de la rue. Mais ils ne patientaient que quatre minutes et se barraient avec bouteilles d'eau dans la portière et bonbons dans l'accoudoir en me mettant une mauvaise note si je les faisais attendre.

Ce soir-là il m'avait annoncé qu'il rentrait à peine en France. Un rythme de fou là-bas. Quatre semaines de vacances dans l'année. Il avait pointé un doigt vers son crâne pour que je comprenne mieux : J'ai deux golfes qui avancent sur le dessus de la tête et la mine d'un mec qui vit dans une clim.

Quelques banalités sur le côté aseptisé de la ville. Pire que Genève. Et comme ça, en passant, comme si de rien n'était : Et puis, mon père a besoin de moi dans la boîte. Et toi comment tu vas ?

Il avait pris sur lui depuis le coup de poing de l'entrée du bar. Il avait pris sur lui depuis dix ans et notre séparation sans explication. Il aurait pu être désagréable pour cette raison-là mais la mécanique de nos corps dans cet endroit bruyant nous avait rendus trop proches pour qu'on ne se sourie pas. Bras, nuques et mains ont vite repris leurs mouvements naturels, connus. Comme si nos membres vivaient leur vie indépendamment de nous. Peut-être existe-t-il un monde parallèle où les mains qui se reconnaissent se parlent, les pieds se souviennent, les bouches se rapprochent quoi qu'on leur ordonne ? Au-delà de tout, ils vivent.

Est-ce eux, d'ailleurs, qui nous ont conduits sur le trottoir, puis dans le Uber qu'il a proposé de commander pour me raccompagner ? Il était tard, il faisait nuit. Dans la voiture, j'ai souri en pensant au parfum sans rien dire. Je ne savais pas s'il apprécierait. De toute façon, le chauffeur n'était pas le profil. Il avait l'âge de la retraite et sûrement dépassé ces goûts de luxe depuis longtemps, si toutefois il les avait eus. Dans l'escalier qui n'en finissait plus menant jusqu'à chez moi, je sentais Rodolphe moins détendu. Je pensais : c'est nerveux des retrouvailles, quand il se demandait plutôt où il allait se retrouver. J'habitais un nid d'aigle au sixième étage sans ascenseur auquel on accédait par une sorte d'échelle, il n'avait pas vécu un tel exotisme depuis longtemps. Le prix de l'immobilier n'avait cessé de grimper ces dix dernières années, au point qu'il y avait une forme d'acceptabilité à dire : « Je préfère vivre dans un grand truc dans un quartier pas terrible plutôt que dans un minuscule dans un super endroit. » J'avais choisi cette seconde option, pas changé mes habitudes quitte à faire plus attention ailleurs. « Et pourquoi pas un grand dans un super quartier ? » aurait-il répondu en temps normal. Mais il ne l'a pas fait. Parce que ça faisait dix ans et qu'on avait tant à se dire que ça ne valait pas la peine de poser ce genre de questions. Et derrière cette porte, quoi ? Une pièce remplie de livres et sans aucune cloison, à part pour la salle de bains. Le lit était en hauteur, quand on tournait autour on ne pouvait pas se tenir debout mais la nuit, allongé dedans, on voyait Notre-Dame illuminée. Il a dit : Tu as toujours été sensible à la vue.

Pour le reste, aucun de nous deux ne faisait plus l'amour comme on le faisait ensemble, à dix-sept ans. Disons qu'on avait un peu appris depuis. On ne s'est même pas frôlés. En avait-il eu envie ? J'ai passé de trop longues minutes à me demander si je n'avais pas trop changé. Lui avait l'habitude de corps lustrés comme des voitures de course qu'on n'utilise jamais. Pieds et mains vernis assortis, dessous tendus, peau gommée, visages interchangeables et langues étrangères dans son penthouse de location avec valet, j'en étais persuadée. Non, définitivement, je n'aurais pour rien au monde ce soir-là entériné celle que j'étais devenue dans le regard de cet homme qui avait été ce garçon dans ma vie. Nous avions eu un âge où notre seule inquiétude se résumait à savoir lesquels de nos parents partiraient en week-end et laisseraient un appartement libre. Alors, du vendredi soir au dimanche après-midi, ses paumes à lui se posaient sur mes seins à moi, mes fesses aussi, le tout encore plein des restes de l'adolescence. Une fois, subversion ultime, nous avions filmé nos ébats maladroits avec l'un des tout premiers caméscopes numériques. Un minuscule objet gris métal rapporté d'un voyage en Asie. Une rareté fragile et chère avec écran LCD qui se détachait sur un bras articulé. Dans une échoppe de néons et de vitrines du sol au plafond, mon père l'avait négocié en anglais avec le vendeur. Je ne comprenais pas tout, mais de temps en temps il se tournait vers moi : Tu vas t'en servir, tu es sûre ?

À la fin de notre réalisation cinéphilique bas de gamme, Rodolphe avait retiré la cassette. Il fallait la planquer, ranger le caméscope dans sa housse et regonfler le canapé en tapant sur l'épais velours taupe, lissé ensuite du plat de la main. On aurait peut-être aimé être autre chose que des enfants sages mais on ne savait pas faire. Nous n'avons jamais regardé la vidéo. Et je n'ai aucune idée d'où se trouve la bande. Des années plus tard, avait-il voulu se rassurer, installer là, au milieu de nous et de cet endroit sans repères, quelque chose d'immuable ? Sans transition et sans explication il m'avait demandé : Tu vas toujours dans votre maison dans le Sud ?

Sur le moment, j'ai répondu oui sans plus d'explication. Nous aurions l'occasion d'en reparler. Il avait visé juste. Nous nous étions perdus de vue pendant des années et il avait abordé si vite le seul sujet qui m'obsédait. On se trompe rarement sur les gens qu'on a aimés un jour. À cette époque, je commençais à me documenter sur les hypothèques, les droits de report, l'échelonnement. Les sites spécialisés sur les questions d'héritage – compilation en ligne d'articles illustrés par des photos de familles posant toutes dents blanches dehors devant un écran d'ordinateur – inondaient mon historique. *Le Revenu* se trouvait dans la barre de mes favoris. En quelques semaines à peine, l'espoir s'était dissipé. Le notaire m'avait expliqué : je devais régler quarante-cinq pour cent de la valeur du bien dont j'héritais, à savoir le premier étage de la maison et le fameux garage, pour qu'ils me reviennent. Je n'avais rien de tout ça. Dans ce bureau, juste avant, j'avais demandé si je pouvais rester debout pendant le rendez-vous. Je ne savais plus rester appuyée contre le dossier de quoi que ce soit. L'inconfort était mon endroit favori et j'étais incapable de dire si c'était la tristesse ou la bataille qui me faisait tenir. À force de recherches, je m'étais constitué un cercle de gens qui connaissaient bien le sujet, dont quelques âmes pour partager leurs expériences et leur désarroi. Parmi eux, certains n'avaient pas pu garder ce qui leur revenait. Je n'étais pas seule, j'étais même un phénomène. Étais-je réconfortée ? À peu près le contraire. Puisqu'il m'avait posé la question de la maison, je l'avais appelé lui. Il était le financier de nous deux, celui qui savait la valeur de l'argent et comment faire avec. Il pouvait avoir un petit côté Yves Montand dans *César et Rosalie*, un genre à pas « faire des petits dessins dans les coins ». Peut-être aurait-il une solution que personne n'aurait vue ?

Quand nous nous étions retrouvés un matin d'hiver au café, je lui avais expliqué. Le découpage en différents lots, la succession, la nue-propriété que je n'avais pas, mon père qui avait voulu *éviter ça*, les droits désormais trop élevés et mon incapacité. Il m'en avait dit un peu plus aussi sur cette phrase lâchée entre deux verres à propos de son père qui avait besoin de lui dans la société. Ce n'était pas l'idée au départ. Il n'était pas comme tous ces fils à papa qui, après leur école de commerce, partent à l'étranger pour se faire les dents et un peu maltraiter avant de revenir dans l'entreprise familiale, voir leur bureau grandir, leur autorité avec, jusqu'à diriger à leur tour. Il ne se voyait pas rentrer et encore moins travailler là mais il n'avait pas tout à fait eu le choix. C'est ce que font les accidents et en seul fils de la fratrie c'est lui que le père avait appelé pour reprendre les rênes. Mais assez parlé de lui, il passait à autre chose comme on ferme une porte. Il y a quelques semaines encore, j'aurais forcé le passage et mis mon pied mais je savais désormais qu'il y avait des sujets sur lesquels on ne voulait pas s'étendre. Me voyant hebétée, il avait juste dit : S'il te plaît, on en reparlera. Ton dossier est simple : tu peux faire un crédit, demander à étaler les échéances. C'est à combien de zéros ?

J'ai bredouillé que ça me paraissait compliqué sans dire que j'avais déjà étudié puis épuisé toutes ces options. Et, d'une voix plus faible je me suis entendue poursuivre : Je pense surtout que je vais vendre. À la seconde où je l'ai dit, j'ai compris que c'était pour ça que je le voyais. Et quand je l'ai vu se redresser et ramener les deux pans de son manteau ensemble, j'ai compris qu'il venait de penser à la même chose. Vraiment ? Bien sûr c'était une option mais il fallait que je réfléchisse. Il voulait bien jeter un coup d'œil aux papiers mais ma tante était à coup sûr prioritaire sur le rachat de mon lot. Comme je le serais sur le sien si elle voulait vendre. Je n'y avais pas encore pensé et cette idée me tétanisait. Je nous savais toutes les deux incapables de cela. Nous étions bloquées mais bloquées ensemble. Était-ce maintenant que nous allions nous retrouver ? Comme à travers un lourd rideau entre nous, j'ai entendu Rodolphe me demander : « Et tu crois qu'elle vendrait en même temps que toi ? » J'ai vu une lumière s'éclairer au fond de son œil. Il avait réussi à la maintenir à faible intensité mais je la voyais grésiller comme une ampoule discrète tout au fond d'un couloir. Et l'ampoule murmurait : « Ça n'aurait absolument pas la même valeur si vous vendez ensemble. »

Rodolphe allait nous sauver et pour lui ce n'était pas une mauvaise affaire.

Et si je partais maintenant ? Si je ratais la signature ? Est-ce qu'il m'en voudrait ? Je ne suis même pas certaine. Il y aurait cette pénalité, dix pour cent du montant à payer pour désistement tardif, et encore, je suis sûre qu'il ferait en sorte que cette fois, pour moi, ce soit différent. Ce sentiment d'impunité m'avait bien accompagnée jusqu'ici. J'ai cru encore une fois que la vie serait arrangeante. J'ai pris des sens interdits dans des villes étrangères. Je suis arrivée en retard à des rendez-vous sans qu'on m'en veuille jamais. J'ai tiré sur des cigarettes électroniques dans des avions. J'ai peut-être même oublié de scanner des produits à des caisses automatiques juste pour le frisson. Si on m'y prenait, qu'allait-il se passer ? Sans doute rien. Il y aurait toujours quelqu'un pour conclure que je n'avais pas fait exprès ou que je ne savais pas ou que ce n'était pas si grave. Cette succession avait signé la fin de la récré. J'avais bien essayé de minauder avec l'administration fiscale, bancaire. Je m'étais dit que c'est ce qui se passait avec la chance. Un jour, elle s'arrêtait et la note arrivait. Quand on avait tout eu, c'était très élevé. Je ne m'y faisais pas : si j'arrêtais tout maintenant, j'en étais persuadée, Rodolphe demanderait à ce que la loi soit contournée, *exceptionnellement*. Il serait attendri, empathique devant mon incapacité à faire autrement. Il serait le même qu'il y a dix ans, répétant « je te comprends » face à moi qui disais « je n'y arrive pas », lui cachant que j'avais rencontré un autre homme. Le même que ce flic qui me laisse circuler parce que je pleure – vraiment je pleure, je ne fais pas semblant – après qu'il m'a arrêtée au volant, le téléphone à la main. Ils sont tous ensemble ce monsieur qui sort ramasser son scooter que j'ai mis par terre parce qu'il était garé sur une place de vélo que je voulais. Il m'a vue le faire, me regarde et s'excuse, alors qu'au milieu de nous deux il y a cet engin à terre qui se balance comme une tortue sur le dos. Est-ce un truc de privilégié de croire qu'on a tous les droits ?

Quand son nom apparaît sur mon téléphone, je la vois d'ici : avant d'appeler, elle a placé ses écouteurs dans ses oreilles, regardé rapidement sa *to-do list* comme un ennemi qu'on dompte. Les mains libres, elle peut ranger deux trois trucs en me parlant. Un baume à lèvres là, avec les stylos. Il y a une crème pour les mains à côté de son écran d'ordinateur, une bougie parfumée, un mot reçu avec un bouquet de fleurs, placé en évidence histoire de se rappeler qu'un jour quelqu'un a pensé à elle et, sous le bureau, une paire de chaussures de sport dans une housse qui ne correspond pas. Moi aussi, j'ai été cette personne qui balayait tout ça du regard et trouvait l'ensemble extrêmement rassurant.

Alors, plus pour mettre fin à son appel qui occupe l'écran de mon téléphone qu'autre chose, je lui réponds. Au bout du fil, la productrice a une voix furieusement enthousiaste. C'est toujours épatant quand deux énergies antagonistes se rencontrent. On peut se demander laquelle des deux va l'emporter. Allait-elle réussir à me mettre en joie ou moi à la plomber pour la journée ?

– Je ne te dérange pas ? On dirait que oui.

– Non, non, je chuchote parce que je suis dans une salle d'attente mais je suis seule.

– Rien de grave ?

– Non, pas du tout.

L'appel est porteur de « bonnes nouvelles », me dit-elle comme pour compenser la tranquillité à laquelle elle se sent – brièvement – coupable de mettre fin.

Le projet que j'avais rédigé venait d'être validé *en interne*, il fallait comprendre par elle qui était sa propre patronne au sein de sa société de production. C'était maintenant une tendance, les chaînes allaient chercher des contenus dans les histoires publiées dans les journaux, les livres, partout où elles pouvaient trouver de la matière. De l'autre côté, ceux qui écrivaient voyaient cette aubaine arriver comme si une vache à lait s'installait dans leur salon. Ils allaient pouvoir enfin gagner leur vie. Les écrivains rêvaient d'adaptation, les journalistes de rédiger des synopsis adaptés d'un de leurs articles au point de peaufiner, avant même la publication, le ton d'un scénario haletant. Tout ça quand ce petit monde ne travaillait pas, déjà et à côté, pour des marques de luxe qui leur commandaient des textes payés au signe c'est-à-dire à la lettre – et sans se moquer d'eux.

J'allais être payée bientôt, me dit-elle, mais il fallait que je sois patiente, c'était comme ça dans les *grosses structures,* ça pouvait prendre des mois mais ça venait toujours. En tout cas, c'était une super nouvelle. On allait pouvoir réaliser plein de projets ensemble. Je comprenais dans sa voix que mon nom disait quelque chose à quelques-uns. Toutes ces informations auraient pu m'enchanter. Pour moi, tout de suite, ça ne voulait pas dire grand-chose. Sinon qu'avec un tout petit peu plus de temps, j'aurais peut-être réussi à sauver tout ce que j'aimais. Et que je ne serais pas là, dans cette pièce en lambris, à fixer notre prochain rendez-vous en chuchotant.

Combien de temps me restait-il avant l'arrivée de Rodolphe ? Je savais que dès son entrée dans la pièce l'énergie changerait. Il avait toujours eu cet effet galvanisant sur moi. Était-ce parce qu'il était associé au temps de l'insouciance ? Quelle que soit la période, mon cerveau se déridait quand je l'apercevais. Je ne voulais pas croire que cela tenait à son côté solaire. Oui c'était agaçant comme terme, mais c'était bien celui que l'on utilisait pour parler de lui. Ça évitait d'employer les grands mots. Car pour tout dire, Rodolphe était beau, d'une beauté rare, au-dessus de la mêlée, qu'une description détaillée ne suffirait pas à faire toucher. Deux yeux noisette à peine bridés, un blanc de l'œil immaculé, un nez légèrement en trompette, droit de face, petit de profil, parfait. Une peau mate cuivrée l'été, pas terne l'hiver. Ce sourire *bright* pour lequel le cliché n'a jamais été aussi adapté. De longues mains fines et un torse qui paraissait offert au monde. Même ses pieds étaient dessinés pour être admirés. À l'époque où nous étions ensemble, j'avais découvert ce que la beauté masculine faisait au monde : elle bousculait. Était-elle plus rare ? L'attendait-on moins que celle d'une femme ? Je voyais bien qu'autour de moi les gens la soulignaient comme si c'était un élément majeur, presque un exploit. Par chance, ce jeune homme avait eu un père suffisamment puissant et autoritaire pour que la perfection esthétique de son fils ne devienne pas un sujet et évite de lui monter à la tête. J'avais, de manière volontaire mais beaucoup plus tendre, quelque peu poursuivi cette façon de faire. Non pour le rabaisser, mais pour nous sauver. Lorsque je le surprenais à redresser ses épaules ou contracter sa mâchoire se sachant pris en photo ou admiré – tout le monde sent ça – j'avais instantanément envie de me détourner de lui. Je voulais bien qu'on le regarde plus que moi mais surtout pas qu'il me déplaise. Alors, je ne le lui rappelais pas trop régulièrement. Il aurait suffi qu'il me surprenne parfois à le regarder béatement pour que mes tentatives s'effondrent. Il faisait comme s'il ne le voyait pas mais se rassurait dans les verres de mes lunettes.

– Veuillez rappeler vos nom et prénom.

– Louise Altapo.

En paraphant les pages, je me suis dit à moi-même tout ce que j'aurais voulu dire ici et maintenant mais qui n'avait pas sa place.

Je m'appelle Louise Altapo, j'ai trente ans. Je ne peux pas écouter « Les vacances au bord de la mer » de Michel Jonasz sans pleurer. *On passait la journée aux îles, Sauf quand on pouvait déjà plus, Alors on regardait les bateaux,* et déjà c'est l'angoisse qui monte. *Mais c'était quand même beau.*

– Profession ?

– Journaliste.

Je gagne moins bien ma vie que ces ascendants que vous venez de citer mais je n'ai pas trahi. J'ai choisi un métier de passion. Mais, longtemps, par moi-même je n'ai pas pu vivre correctement. Sans le savoir, mes parents se sont payé le droit d'être fiers. Parfois, à mon propos, j'entends : « Louise est écrivain. » D'autres fois, c'est : « Louise a la plus belle maison que je connaisse. » J'habite une enveloppe qui n'est plus la mienne ou pas encore la mienne. Suis-je la seule à me demander si l'on peut se consacrer à une vocation, une œuvre qui demande de mobiliser tout son être, après avoir consulté son compte en banque en ligne qui, malgré une interface conviviale arborant un café *latte* à la surface duquel est dessiné dans un nuage de lait le logo de la banque, affiche un montant qui peut inquiéter ? Mes amis de mon âge se rendent chez le notaire pour acheter leur résidence principale et moi je suis là parce que je n'ai pas su prendre la suite. J'incarne la quatrième génération qui a connu cette maison et la preuve vivante que les héritiers ne sont pas toujours à la hauteur.

Situation familiale ? Célibataire. Pour l'instant, je ne prive personne. Je suis unie à un homme qui répète régulièrement que « l'héritage n'est pas un droit de l'homme ». Les enfants que nous aurons peut-être n'auront pas les mêmes souvenirs que moi. Je ne le regrette pas. J'aurais eu trop peur de les voir jouer sur cette terrasse. Il suffit que je pense aux barreaux pour imaginer le petit corps passer à travers et tomber. J'ai toujours eu un sens très imagé du désastre annoncé. Il suffit que j'aperçoive un verre posé sur le sol pour appréhender le pied qui va s'écraser dessus. Je vois en une seconde la blessure et le sang. Je vois les points de suture instantanément. À la vue du mégot dans la poubelle, c'est la maison qui brûle en entier, les pompiers et la foule massée autour. Devant un virage serré, ma voiture renversée, mon corps coincé dedans, le téléphone qui sonne et ma mère qui répond au milieu de la nuit : Louise a eu un accident. La peur de tout est-elle soluble dans les gamètes ? Fallait-il que je solde ma propre enfance pour être capable d'en offrir une, enfin ?

C'est Rodolphe qui m'a sortie du songe en passant une main devant mon visage : Coucou Louise, tu es prête ?

À ce moment-là, j'ai rassemblé tous mes souvenirs, tous les non-dits, toutes les photos, en espérant ne jamais les oublier, qu'ils ne s'envolent pas comme une étole dans le vent. Et j'ai signé. Je venais d'apposer ma signature sur le contrat qui, de ma vie, me rapporterait le plus. Et je n'avais rien fait pour ça.

Il devrait toujours y avoir un bar près des études notariales. Avec un tabouret au comptoir pour célébrer ou oublier. Un truc fort. Quand nous arrivons au rez-de-chaussée, entre dedans et dehors, la lumière extérieure m'aveugle un instant. Ma focale interne n'a pas eu le temps de faire le réglage. Rodolphe me retient.

Je commence à mieux voir. Sur le mur d'en face, il y a cette Vierge encastrée dans une niche. Je suis passée un million de fois devant, je ne l'ai jamais remarquée. Sa robe bleue, le lapis-lazuli qui tranche avec l'orangé de la façade, je me raccroche à elle. Je sens quand même le bras de Rodolphe dans mon dos, son autre main au-dessus de ma poitrine. Il a une force que je ne lui connaissais pas. Je ne me souviens pas d'une telle empreinte dans nos étreintes. Un pas en arrière pour mieux le regarder et je le trouve plus costaud que jamais. Il y a encore trois mois à peine, il n'était pas comme ça. Je me moque un peu : il prépare un concours de beauté ? Même pas mais il se réjouit que je l'aie noté. Il aimerait bien mais il n'a plus le temps de faire de sport. Son emploi du temps, depuis quelques mois, consiste à convaincre les investisseurs, les partenaires, les équipes qu'il est capable de remplacer son père et de prendre de bonnes décisions. Personne ne s'y attendait, même pas lui.

– J'ai pris une taille de veste au niveau des épaules. Parce que je fais la guerre.

Il doit convaincre ce père aussi, qui n'est plus tout à fait capable de diriger mais auquel il rend encore des comptes, détaille tout pour lui montrer que rien n'a changé, qu'il tient la barre. Tous les mardis, il va dans son salon, lui raconter. Il ne prend pas de ton particulier. Il dit tout comme lorsque son père le regardait en lui donnant l'impression que c'était lui, son fils, qui ne comprenait rien. Il débite les chiffres, les projets, les avancées de travaux. Les différents hôtels sont appelés par le nom des rues, les sociétés aussi, comme il lui a appris. Il raconte la fréquentation de Voltaire. La baisse d'activité de Cambronne. Les travaux qu'il a engagés à Quatre-Septembre. Son père reste silencieux et acquiesce, il aurait fallu un peu plus pour qu'il se désintéresse de ce qui l'a toujours animé. Et puis, de temps en temps, quand il s'agit de chantiers que Rodolphe a lancés lui-même, de sa propre initiative, sans poursuivre ce que son père avait entamé, il perçoit sa reconnaissance. Il était fou de savoir que Rodolphe signait ces jours-ci l'achat de notre maison. Aujourd'hui avec moi, demain avec ma tante. Cette acquisition voulait dire l'agrandissement de Remparts et surtout une petite victoire tardive que lui-même n'avait pas réussi à obtenir. Il y a deux ans à peine, le père de Rodolphe avait croisé le mien. Il supervisait les travaux de l'hôtel qu'il venait de racheter et plus ça allait, plus il rêvait de pousser les murs. Il y avait si peu de chambres que c'était une folie. Pour le prix qu'il l'avait payé. Mais il avait compris depuis longtemps que cette place était un aimant pour qui voulait et savait faire des affaires. Jamais elle ne perdrait de valeur. À cette époque, mon père recommençait à prendre ses marques, seul, hors saison, ce devait être une de ses premières fois ici depuis un moment. Tous les deux n'étaient pas amis mais pas inconnus. Ils avaient l'un et l'autre croisé leur enfant respectif sous leur propre toit quand nous étions amoureux. De quoi faire naître une familiarité vouvoyante. Dans ce village où les habitants hélaient leurs voisins depuis la fenêtre, s'apostrophaient dans la rue, eux aussi se parlaient sans forme. En se quittant, le père de Rodolphe avait dit en prenant un air qui ne plaisantait qu'à moitié : Si vous voulez vendre un jour, appelez-moi. Le mien avait répondu : Même pas mort. De cette brève rencontre, nous avions eu la même version. Aucun des deux ne s'était donné un plus beau rôle en la racontant. J'aurais préféré que ce ne soit pas exact. Nous étions là pour les représenter, chacun à notre façon et, à tout dire, à moitié orphelins et pas vraiment égaux.

Mon père n'est jamais venu me chercher ce jour-là. Il n'était pas là non plus à la gare où c'est un employé du service de location de voiture qui m'a tendu la clé. Pas dans mon dos quand j'ai commencé les cartons. Pas non plus au restaurant quand le serveur s'est arrêté de parler. Et encore moins à la fenêtre ce matin quand j'ai quitté la maison. J'aurais rêvé qu'il m'accompagne pour ce dernier rendez-vous. Ce qui n'a aucun sens car s'il avait été là, je n'aurais pas eu besoin de me déplacer, ni de m'occuper de ça, ni même de vendre la part qui me revenait. S'il avait été là, il aurait insisté pour que nous allions ensemble officialiser cet acte qu'il avait fait préparer, il aurait tout géré comme il l'a toujours fait, comme il l'avait déjà fait sans que je sois au courant. Je l'ai appris trop tard et incidemment alors que je rangeais son appartement. J'ai mis longtemps à tomber dessus car l'enveloppe était cachée derrière des portraits de nous deux sur lesquels je faisais de longs arrêts, forcément. Elle était cachetée mais mon prénom souligné deux fois m'autorisait implicitement à l'ouvrir. À l'intérieur, il y avait ces documents qui, une fois signés, m'auraient délivré le droit de nue-propriété. Des pages qui signifiaient que si je les paraphais bien toutes comme il fallait et acceptait leur noir sur blanc, les murs – ceux contre lesquels j'avais compté en me cachant les yeux, tapé « un-deux-trois soleil » ou pleuré comme si je savais déjà – m'appartiendraient. Que je n'aurais pas de droits de succession à payer quand le pire arriverait. Que je pourrais les vendre si je le souhaitais, si j'en avais besoin. Ou dessiner dessus, enfin et sans entrave, alors que je n'en avais plus envie depuis longtemps. En termes de timing, la vie était franchement mal emboîtée. J'avais vingt-neuf ans, lui cinquante-sept. Je venais d'assister à la publication du premier livre que j'avais écrit. Le récit de vie d'une femme d'affaires qui mettait en avant son parcours. Elle voulait que ce soit « bien écrit », avait donné mon nom qu'elle avait lu souvent dans son journal préféré. Son discours me semblait construit depuis sa naissance quand, de mon côté, j'avais appris en prenant sur moi, à ne pas dire tout de suite des choses que je savais, ce que je pensais, comme on largue un bagage, mais à attendre le moment approprié. Elle était d'ailleurs si écoutée qu'elle chuchotait presque pour s'exprimer. Une fois, dans un salon de thé où nous nous retrouvions après un entretien, notre voisin de table m'avait demandé de parler un peu moins fort. Elle avait eu la délicatesse de faire comme si cela venait de mon exaltation. J'allais toucher des droits d'auteur, apparaître publiquement comme celle qui avait été si attentive qu'elle avait fidèlement retranscrit. On me parlait de sensibilité, de féminisme, d'empathie, de réalité mieux que la fiction. Par instants, les quelques microsecondes où je les entendais ces mots faisaient comme une ivresse, une invincibilité temporaire. Au moment où je croyais m'envoler, mon père avait *tout prévu*, surtout que je ne m'en sorte pas forcément. Il savait, lui : une plume, ça ne vaut pas grand-chose. Jamais cette phrase n'a été prononcée. Elle est restée dans un coin comme cette enveloppe. Il savait autre chose de moi : s'il avait abordé le sujet, j'aurais agité la tête, touché du bois, fait un signe de croix et balancé du sel par-dessus mon épaule même si ça n'avait rien à voir. J'aurais crié comme une illuminée : arrête de me parler de cette nue-propriété. Depuis ses quarante ans, bien trop tôt pour que cela ne vienne pas me tourmenter souvent, mon père m'avait préparée au fait qu'il allait disparaître. Je n'avais pu faire autrement que subir cette destruction de la moitié de mon monde en fond sonore. Jamais, je n'aurais accepté qu'il me prépare à lui survivre.

À défaut de bar bien implanté, en sortant de la signature Rodolphe et moi avons marché un peu, jusqu'au plus proche. Il a fallu tâtonner avant de trouver la bonne orientation, mais nous y sommes, appuyés contre le mur d'une terrasse de café à nous imprégner de soleil. Deux antilopes au zoo qu'on ne doit pas réveiller. Bref répit avant de repartir. Devant nous, deux coupes vides parce qu'il a beaucoup insisté et dit qu'il le fallait, un mégot écrasé dans un cendrier, pas de mots échangés. Ivresse légère, uniques mouvements de cage thoracique. Je fais partie de la scène mais je nous vois quand même. Bien assis, sans problème apparemment mais quelque chose me trouble. Nous sommes comme amputés. On nous a enlevé un bras et il nous lance encore. La douleur du membre fantôme. Personne n'en parle et pourtant elle existe. Je sonde d'un coup d'œil du côté de Rodolphe. S'il voyait la même chose, il le dirait. Je divague peut-être. Sans doute trop. Tout à coup, ces membres fantômes se détachent, dansent maintenant à côté de nous comme des âmes, nous surplombent un instant puis filent vers le large. Ce que je vois là, ce sont nos petites luttes envolées.

Jour 5

Au téléphone, Rodolphe a l'air essoufflé de celui qui appelle avec une idée précise. Il demande si ça va sans attendre la réponse. Il vient de quitter l'hôtel et marche en direction de l'étude où il passe décidément sa vie et a pensé à quelque chose.

– Tu sais, je ne ferai les travaux que l'année prochaine. Je n'ai pas le droit de les commencer en plein été et je ne peux pas le faire avec des clients à côté. Ça me conduit au 4 janvier. Donc, si ça te dit, tu peux faire ton déjeuner du premier de l'an en haut.

Je n'ai pas l'impression de lui avoir parlé de mes récentes réminiscences autour de cet événement. Son souvenir date-t-il de l'époque où il passait des 31 décembre entiers, à un âge où ça tient de l'exploit, sans boire une goutte d'alcool pour me raccompagner dans la nuit parce qu'il ne voulait pas que je prenne la route seule, et repartait le matin à l'aube ? Si oui, il faisait vraiment partie de cette catégorie d'hommes qui donnent l'impression de ne rien écouter mais entendent tout. Ce déjeuner était incontournable. Où qu'elle fût éparpillée, la famille se retrouvait. On avait tout le reste de l'année pour voyager. On passait la matinée du jour de l'an à guetter les nuages et, à l'issue de ce semblant de suspense, qu'ils soient là ou pas, ça ne changeait rien, on décidait qu'on déjeunerait sur la terrasse. Mon oncle et ma tante se baignaient dans la mer pour bien commencer la journée en disant : Ça ne peut faire que du bien, non ?

Mon père refaisait la soirée de la veille avec presque les mêmes bulles devant lui, jugeant qu'une coupure radicale serait trop violente. Chacun y allait de sa résolution. Il ne fallait pas commencer le repas trop tôt car le soleil entrait à mesure qu'il baissait, en début d'après-midi. La frappe était chirurgicale. Mon grand-père faisait cuire un poisson, et à partir du moment où celui-ci était enfourné le compte à rebours débutait. Ma grand-mère dressait une table comme si sa vie en dépendait. Chaque année, il y avait un thème, une couleur, des fleurs somptueuses, et une mission m'était donnée

– peut-être une façon de me faire patienter. Vers midi, j'allais récupérer le gâteau qu'elle affectionnait. La pâtisserie n'était pas lourde mais plus fragile qu'une tarte. La génoise au cacao, recouverte de chantilly et de copeaux de chocolat, donnait une impression de légèreté mais à tout moment l'ensemble pouvait venir se coller au couvercle ou carrément se casser la gueule. Sur le chemin du retour, je ne respirais presque pas. J'aurais aimé m'arrêter tous les dix mètres pour vérifier que tout allait bien mais un morceau de scotch m'empêchait d'ouvrir la boîte. Elle était déjà fermée quand j'entrais dans la boutique et je trouvais extrêmement angoissant que personne ne vérifie qu'il s'agissait de la bonne commande. Derrière leur comptoir, les deux frères patissiers ne se doutaient pas du poids qui pesait sur mes épaules. Quand j'arrivais à la maison, personne ne se préoccupait non plus ni de l'état ni de la conformité du dessert. Comment pouvait-on être si peu méfiant ? Parfois, n'y tenant plus, je suppliais ma grand-mère d'ouvrir la boîte pour que mon apnée cesse. Je soufflais, enfin. Jusqu'à cette fois où ce que je pressentais était arrivé et avait donné raison à mon inquiétude naturelle. Au moment du dessert, ma grand-mère s'était levée, avait sorti un plat imposant qui allait avec le style du jour

– cette fois des perruches en céramique –, et dévoilé le gâteau : une tarte aux fraises ornée d'une plaque en pâte d'amandes sur laquelle on pouvait lire « Joyeux anniversaire Albert ». Il n'y avait pas d'Albert dans notre famille, et s'il y en avait eu un, personne n'aurait eu l'idée de commander une tarte aux fraises pour son anniversaire. Elle était apparue sur la terrasse en la brandissant. Mon père s'était tourné vers moi : Ça devait être beaucoup plus lourd que d'habitude, tu ne l'as pas senti ?

Sur le moment, j'ai froissé ma serviette dans une main comme un cri étouffé, j'ai trouvé que les fraises étaient absolument démesurées, énormes, elles faisaient presque ma taille et je me suis demandé pourquoi en effet je ne m'étais pas rendu compte du poids inhabituel. J'avais sept ans et tout ça a conduit à ce que je ne fasse pas attention au rire de ma grand-mère. Je ne sais pas si je l'avais entendu rire comme cela avant. Je suis certaine de ne plus l'avoir entendue après. Cette année-là qui commençait sur un fou rire, elle allait mourir subitement et me faire comprendre que les êtres et les rituels avaient ça en commun : nous laisser boiteux quand on ne les voyait plus. Depuis ce jour-là, il n'y avait plus eu de déjeuner et j'y ai repensé souvent.

– Alors là, tu me prends de court, ai-je répondu à Rodolphe.

Les déménageurs venaient de finir de tout embarquer et je sortais les aider à manœuvrer dans les ruelles.

– Si j'avais su, je serais restée avec toi ! Aujourd'hui j'aurais ma maison et en entier.

– T'es con ! Tu sais très bien que tu auras toujours quelque chose que je n'ai pas.

– Ah bon ? Si ça s'achète, je ne crois pas !

– Tu écris, n'est-ce pas ?

Un peu plus loin, un des transporteurs me faisait signe de parler plus bas. Sur la petite place où était planté un olivier, un paon marchait dans ma direction, jusqu'à s'immobiliser face à moi. Au téléphone, il y avait la voix de Rodolphe qui parlait dans le vide. Devant moi, l'oiseau a enroulé son cou bleu roi vers le sol, poussé un cri en se redressant et ouvert lentement ses plumes comme un éventail, me faisant découvrir cette œuvre insensée qui ressemblait à des palmes, recouvertes de dizaines d'yeux qui me regardaient. Pendant quelques secondes, sa dentelle émouvante s'est mise à vibrer, produisant un bruit de feuilles brassées par le vent et un léger souffle que je pouvais sentir. Puis, il m'a tourné le dos et a entamé sa remontée vers ce qui était sans doute sa maison.

Rodolphe, qui, ne m'entendant plus, avait raccroché, rappelait au même moment. Reprenant le fil de notre conversation, je lui ai dit sans hésiter une seconde : Je suis extrêmement touchée par ta proposition mais je vais te dire non.

Épilogue

Dans les mois qui ont suivi, je n'ai jamais autant entendu parler d'héritage, de succession, de patrimoine. C'était souvent le cas dans les périodes préélectorales, mais cette fois, tous les candidats avaient ces mots à la bouche. Plus l'échéance approchait, plus les opinions devenaient tranchées. L'extrême gauche ne s'attaquait qu'aux très riches, déclarait qu'au-delà de douze millions d'euros, elle prendrait « tout ». La droite soignait ses électeurs en retour, jurant qu'ils ne paieraient plus cet impôt ignoble qui détruisait « le travail d'une vie ». Et puisque la gauche était divisée et lui reprochait d'être de droite, peut-être fallait-il que le président de la République fasse un geste, même impopulaire ? Les médias s'emparaient de la question, la posaient en boucle, des matinales aux émissions politiques du soir : faut-il réformer les droits de succession ? Sur des antennes généralistes, on faisait débattre sociologues, économistes, politiques en posant cette question : le tabou de l'héritage est-il indépassable ?

Dans le magazine pour lequel je travaillais la question se posait. Comment allions-nous traiter le sujet ? Par la force des choses, j'étais devenue celle à qui, avec le temps, revenaient les papiers flirtant avec l'économie. Au milieu des enquêtes que je menais et qui n'avaient pas grand-chose à voir avec ce domaine-là, on m'envoyait souvent réaliser les entretiens de personnalités liées de près aux annonceurs, ces marques qui finançaient la publicité. De temps en temps, on leur faisait un petit signe reconnaissant et dans ce cadre-là je me retrouvais à dresser le portrait d'hommes et de femmes (surtout d'hommes) qui, après une longue ascension, étaient tout en haut de l'échelle sociale. Ils avaient créé une entreprise, une licorne, fondé une agence de pub, un fonds d'investissement, une marque de cosmétiques qui venait d'être rachetée des millions par un groupe de luxe. Des transfuges de classe qui avaient eu faim et donnaient rendez-vous dans des endroits huppés qui étaient souvent les mêmes, et se renouvelaient selon la mode.

Dans ces moments-là ma rédactrice en chef me disait : Tu m'arranges, il y a des cas où je ne peux pas envoyer n'importe qui pour représenter le journal, tu vois ?

Je ne voyais pas mais ça m'allait. La presse avait, il faut dire, un goût immodéré pour les itinéraires de self-made men, qu'elle mettait en avant comme un trophée dès qu'ils affichaient une certaine réussite. On parlait alors de « personnage de leur époque », de « Rastignac bon teint », de « pur produit de la méritocratie ». Les seuls à les concurrencer, sur lesquels on écrivait de manière à peu près aussi fréquente, étaient les héritiers. Ils avaient repris les rênes du groupe familial, en le rajeunissant, bien sûr. Les premiers détestaient les seconds qui eux-mêmes les méprisaient mais tous finissaient inévitablement par poser ensemble pour la photo, à la même table, un soir de dîner caritatif. Au milieu, rien. Une sorte de no man's land sans intermédiaire. Peu d'héritiers avaient choisi une voie différente. En tout cas, pas cette drôle de vocation qui pouvait conduire tout droit à une régression économique. Voyait-on jamais le fils d'un capitaine d'industrie devenir philosophe ou poète, même s'il avait un don ? Comment aurait-on réagi face à une personnalité qui, une fois sur le devant de la scène, aurait revendiqué le fait d'avoir eu peu de difficultés matérielles pour s'adonner à sa passion et finalement rencontrer le succès ? Les parents qui avaient payé les studios, les études au bon endroit et les voyages à l'étranger pour lui donner toutes les chances. Le confort des origines, ça manquait de panache.

Mal installée sur le pouf d'un bar d'hôtel, je me suis retrouvée le plus souvent à recueillir des itinéraires d'anciens pauvres qui soufflaient, soulagés d'avoir acquis des codes que d'autres avaient toujours eus et qui ne m'étaient pas inconnus. Entre nous, le courant passait. À certains moments de basculement, j'avais sans doute eu aussi peur qu'eux. Pourtant, ce n'était pas noble de le dire. Moins romantique, moins avouable mais tout aussi tenaillant. Ils étaient fiers de pouvoir offrir à leurs enfants ce qu'ils n'avaient pas eu. Ça les remplissait d'une assurance que même leur impuissance ne pourrait plus mettre à mal. Les autres, les déclassés, ne leur feraient jamais de peine.

– Louise, tu as une idée d'angle ?

Je regrettais mais j'étais absolument incapable d'imaginer un sujet qui ne soit pas le mien.

En reprenant l'historique de propriété familiale pour en retracer la conformité, le notaire m'avait rappelé toutes les étapes qui avaient conduit à notre rendez-vous. Cette maison avait été un miracle dans nos vies parce qu'elle avait été transmise deux fois par le biais de la nue-propriété. De mon arrière-grand-père à mon grand-père, de mon grand-père à mon père et ma tante. Tout ça de leur vivant. Les pessimistes ne pouvaient avoir toutes les tares : ils étaient des gens prévoyants. Mon père et moi n'avions eu ni le temps ni l'envie de penser au pire. Ou alors nous y pensions trop, justement. En ne bougeant pas, nous avions laissé les choses se faire naturellement, sans passe-droit, sans aller à l'encontre de ce qui pour certains relevait de la justice. Encadrer et limiter ces dons en nue-propriété pour faire entrer plus de ressources dans les caisses de l'État était une des hypothèses avancées par les chercheurs qui planchaient sur la question. C'était périlleux. Ça ne signifiait pas seulement toucher à la pierre et à l'argent. C'était bien plus que ça. Ça voulait dire s'attaquer à la famille, à l'amour, à la peur de la mort, aux lumières qui s'éteignent, aux mots chuchotés dans le creux de l'oreille. À ce qui se transmet, ce qu'il reste de nous, ce qu'on n'oubliera jamais. À tout ce que ces maisons contiennent et qui n'ont rien à voir avec le rationnel. J'en savais quelque chose.

Au milieu de cette réunion où j'étais devenue spectatrice, je consultai la définition exacte de cette formule que j'avais voulu oublier.

La nue-propriété se traduit par le fait de posséder un bien immobilier. Le nu-propriétaire en détient seulement les murs mais ne peut en disposer.

Rodolphe avait raison. Je n'avais pas eu les murs, je n'avais plus rien, mais je pouvais en disposer comme je voulais. Avec des mots, je pouvais construire des pièces, habiter dedans, faire sauter des verrous et revivre des gens. On ne perd rien, on lâche. On grandit peut-être.

(Si un jour j'oublie)

Mes remerciements vont ce jour et pour toujours à mes parents qui – par chance – m'ont transmis ce qu'ils sont.

À Manuel Carcassonne pour la hâche, l'eau gelée et le retournement. À Philippe Djian pour la queue du tigre. À Alexandra et Antoine Flochel pour une autre maison. À Sophie Fontanel qui sait comment on ouvre les volets. It means : brushes. À Émilie Pointereau et Vanessa Trigano, chasseuses de doutes, jour et nuit. À Shahin Vallée, accompagnateur de montgolfières. À Isabelle Vignoli qui sait. À Guy Yanai pour la beauté toujours recommencée.

À Bambi Rose et Benjamin Biolay pour leur aimable autorisation.

Cet ouvrage a été composé
par Nord Compo à Villeneuve-d'Ascq
et achevé d'imprimer en France
par CPI BUSSIÈRE (18200 Saint-Amand-Montrond)
pour le compte des Éditions Stock
21, rue du Montparnasse, 75006 Paris
en juin 2022

PAPIER À BASE DE FIBRES CERTIFIÉES

Stock s'engage pour l'environnement en réduisant l'empreinte carbone de ses livres. Celle de cet exemplaire est de :
550 g éq. CO_2
Rendez-vous sur www.editions-stock-durable.fr

Imprimé en France

Dépôt légal : mai 2022
N° d'édition : 02 - N° d'impression : 2065767
53-02-8012/7